続々伊藤一彦歌集

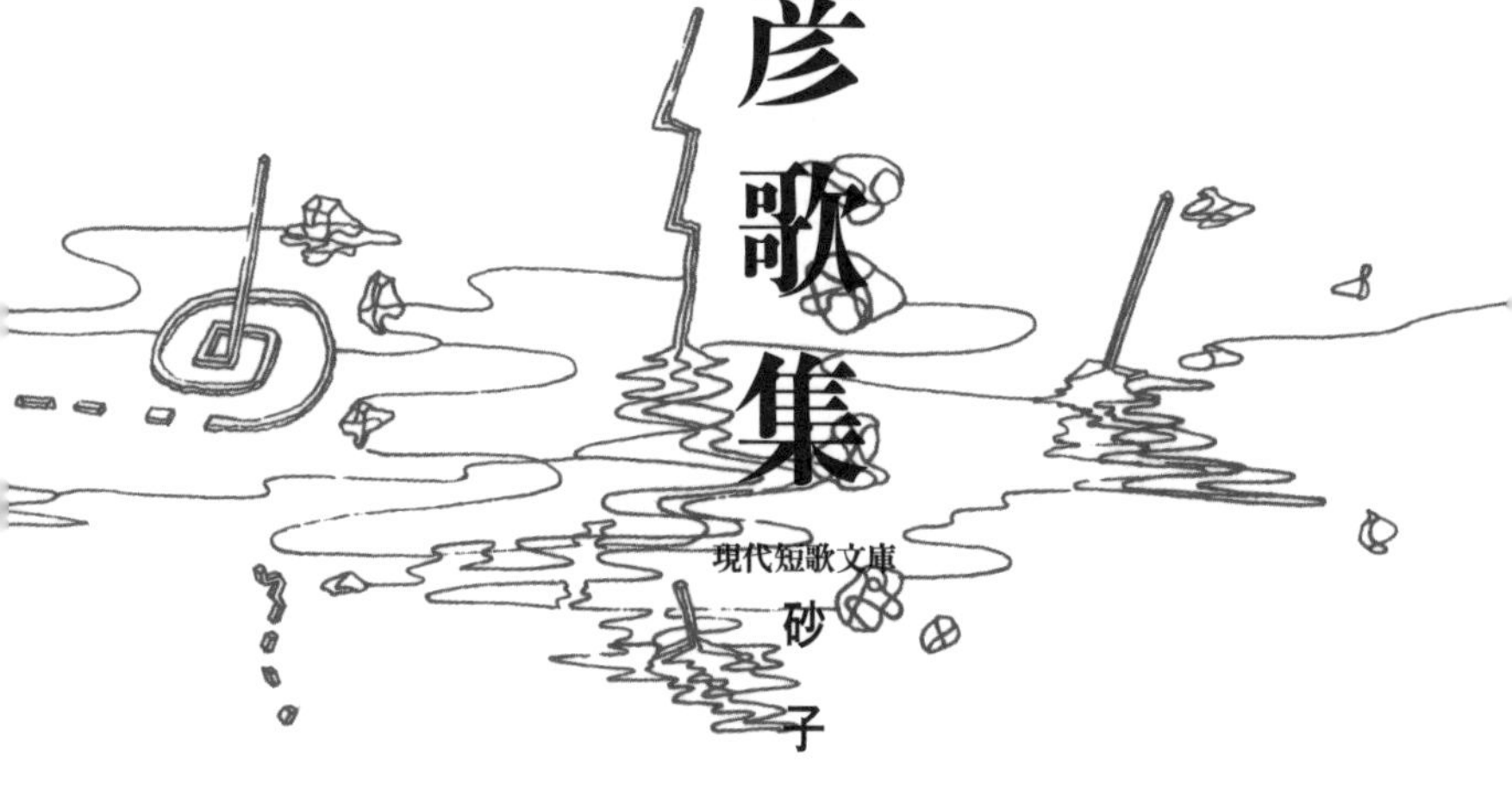

現代短歌文庫

砂子屋書房

続々 伊藤一彦歌集☆目次

『日の鬼の棲む』（全篇）

歌論・エッセイ

続々 伊藤一彦歌集

歌集　日の鬼の棲む（全篇）

I

真白の宇宙

睦月尽日、山形に行く。

天も地もあはひの闇もましろなる黒川の夕雪《ゆふ》待つさらに

ぞろぞろとまたぞろぞろと降りてくる雪を無心と誰言ひにける

夕闇の濃くなり来たり氷《ひ》の花の満開のさくらわれをうかがふ

南国ゆ来たる男の頬打ちて愉しむ雪よ待ちくれたりや

黒川の難波家に泊めて戴く。

寒鱈の肝《きも》のとろりのどんがら汁三杯食べて身ぞ熱く寝《ぬ》る

恋慕して積もれる雪か夜の明けむ前よりほがらほがらに照れる

王祇様の背後を歩む群童の声は魔除りの力を持つ。

降る雪に負けざる白の冠のわらはらのこゑ暁《あけ》にひびけり

時に戯《ざ》れ男《を》の童らの仲良きぞ神酒いただける酒豪もあるか

胸底のみんなみの息残りなく吐きつつあゆむ暁《あけ》の雪中

雪の上《へ》に赤く炎ゆる火われをして隼人《はやひと》の裔たるを口惜します

自転車の人は見るなき雪の中われも長靴履きて歩けり

村人にあらずまれびとにもあらず雪にこらしめられ立ち尽す

朝日山地に源流を持つ川といふ。

赤川の雪に消さるる白鳥《はくてう》らそのこゑごゑを盗みかへらむ

膝までを雪に埋めてパン投げぬ人と金黒羽白《きんくろ》わかつ何ある

雪の上《へ》に舞ひ落ちきたる白き羽まぎれず憩《やす》むしばしの間《あひ》を

寂しさが華やかさなる雪の夕雄心《をごころ》といふ老いざるものよ

雪見酒雪に見られて酔ひにけり魂いまだ透きとほらねど

胡散者《うさんもの》の一人となりて村にゐるわれも凍《し》み豆腐いただきにけり

降る雪の中を市女笠かぶりたる人の近づき来《き》消えたり夢に

味噌煎餅の中ゆ出でこし紙女雛《かみめびな》雪の吊橋をわれと渡らす

たかぶれる心抑へむワイン欲し雪が雪よぶ月山新道

拒まざる白にかがやきをとこよりをんなの背と思《も》ふ弓張平《ゆみはりだひら》

ふうはりを固め投げたる雪の球長く消ゆるなし寒河江《さがえ》の水に

所詮孤独特ニ婦女子ニ縁ナシと書きし茂吉の故郷ぞここは

あたかも樹氷祭りの蔵王の山頂。

言問へど応《いら》へなければ食ひにけり曰き樹氷の身のひとところ

視界より地蔵消えたり樹氷達見えずなりたりふいの吹雪に

雪鬼の息づき待たむ誰行かぬ吹雪の奥に馬場あき子消ゆ

雪隠す雪もたちまち隠さるるふぶく蔵王の真白の宇宙

ゆたかにも降りてふぶきて積もりゆく頂《いただき》雪の墓場にあらず

上山《かみのやま》の街に追儺のこゑ聴けり雪山に逃げむみちのくの鬼

赤滝黒滝

肩の上《へ》に降れる月光の土佐訛聞き漏らしたり旅人われは

高知城のすぐ近くに朝市が立つてゐる。

土笛をみづから吹きて売る男吹き続けをり買ふ人のなく

ジーンズに下駄履きの翁にこりともせず五振《いつふり》の古刀を並ぶ

古時計あまた売りゐる大道店かへらぬ時間売る時計無し

遺失物直販店によろこびてわが買ひしもの人には言はず

土佐のどの闇より来しかまだ若き銀鈴波《ぎんすずなみ》の鶏冠の紅き

懶《なま》けねば見えぬものあらむ朝日射す城の桜のどれもわが妹《いも》

大木のしだれかつらの黄の淡《うす》き花は真下のわれ去らしめず

自らに相似の樹などあらざるよなんぢやもんぢやの芽吹かむところ

五月初旬、みちのくへ。

咲き出でしのち雪の来る寒さゆゑか花白きなり北のさくらは

月山の雪消水《ゆきげみづ》しろくたぎちゐる夕川の贄《にへ》によき女《をみな》ゐる

雪の白をはれる春の花の白塋域《えいゐき》の辺にいまだ及ばず

黄《き》すみれの花のあかるき群落にわれみちびきてほほゑめる人

くの一《いち》のごと軽やかに歩みゆき立ちどまるなり花あるたびに

穴出でて間のなき蛇か馴寄るなく木の間の土をほつそりと行く

たのしむにゆゑよしあらず純白の碇草《いかりさう》咲く塔までの径

空夢を手ぐさの旅の中年を羽黒山の杉ひしと囲めり

うるひとは擬宝珠《ぎぼし》の若葉やはらかく青青とせるを好み食べたり

啼きかはすこゑにめざめぬ四階に背《せな》の斑《ふ》白き岩燕見つ

双竜峡に二つの滝がある。

源流に残雪を踏み立ちにけり赤滝恋ひて黒滝落つや

水落とす傾斜《なだり》急なる赤滝のかがやき強し黒滝よりも

一生をますぐに落つるよろこびを輝かし落つことに雪消《ゆきげ》は

瑠璃沼に魔法を仕掛けくれなゐにせし夢さめて美しかりき

捨て子猫三匹死なむ蹤《つ》き来るをわれら打ち捨て雲巌寺去る

苗青く揺るる田の水に届かむと届かむとする柳の一枝《いっし》

姫踊子草《ひめをどりこ》咲く畔道ゆ遠山の峯のしらゆき倦きず眺めぬ

いつ誰《た》れの恋の飛び火ぞ　近づけば蕾くれなゐの花林檎なり

はかなかる花にふさはぬかたくりの三角の実の風に嬉嬉とす

はるか来て白河神社の鰐口の古きを力こめて響かす

芭蕉翁の没年越えて三年《みとせ》なるわれよ見えざるものし怡《たの》しめ

恋の筑紫

正面に志賀島が見える。

暑に耐へてあきつただよふ丘ゆ見る荒津の海の間なくし照れり

恋ふる人もつ寂しさを輝かす那の津の光わがまなこ射る

しろたへの袖の別れはあらねども若きら集ふ夜の荒津らし

炎熱のコンクリート上に潮の香の強くはげしきここ韓亭《からとまり》

天平や月のひかりの皎皎《かうかう》と辛苦《くる》しかりけむ恋ふるこころに

思ひがけず引津の浜に遇ひにけるをとめ牝鹿のごと山に消ゆ

伊都国の糸島富士の可也の山カヤとは任那の古称なるらし

海に臨める丘の上と万葉集にも言ふ。

人影を見ぬ子負《こふ》の原さまよひぬ鎮懐石を探し求めて

むかしより石も月魄も卵形《たまごがた》好める人といふは寂しや

宮守は空閑《くが》を名告れり青淡《うす》き壱岐見はるかす丘の神社に

ここ鏡山は観光客が多い。

佐用姫の領布振りし山頂《いただき》にわれ霞みつつただに立ちをり

佐用姫のごとくに遠く眺めつつ領布もたぬ女《ひと》缶ビール飲む

古い武家屋敷門をくぐって入った。

松浦潟《まつらがた》望む宿屋に過ぎゆかむ一日《ひとひ》惜しみて酒をふふめり

妨げを越え結ばれし男女なりこよひのわれの酒の相手は

齢《よはひ》過ぎちぎりし二人ちぎりたる後の幸福は声にこそ言へ

夜の更けてなほ寝ねがたく浜に出づ火照りたる身を月光は打つ

月あかり浴びて紫帯び見ゆる二つの島をいま誰《たれ》ぞ見る

筑紫びと自《みづか》らうたふ歌あらず恋のあはれは変らざりしに
　東国の防人の歌はあるのに。

いづこより来たるか耳の裏のみがうすくれなゐの白猫寄り来

しなやかにひつたりと音立つるなく歩める白にわれは蹤《つ》きゆく

立ちどまり月あふぐ間《ま》に忽然と猫は失せたり海に入れりや

静まれる宿に帰りつ声つひに聞かざりし猫おもひつつ寝る

紅《くれなゐ》の裳の裾濡らし立つをとめ顔は見えざるあけがたの夢

水の上《へ》を遠ざかりゆく若き女ふりかへりたれば白き猫なり

朝、太宰府へ。

数名の老いたる男女朝《あした》よりビール飲みをり御笠の森に

老いてこそ恋に遇へとぞ千年を聳ゆる楠のしんしんと緑

老旅人《おいたびと》涙のごひしみづくきの水城いづこと分からぬもよき

緑葉は光を奪ひかがやけり領《し》らぬ霊《ひ》憑きし筑紫の国は

青すぢのあげはよ汝《なれ》は恋風を払はむ時しいかにか飛ばむ

初萩の花嬬《はなづま》いまだなる山に深くし入れり深く入りゆく

こころの種子

熊毛郡《くまげぐん》馬毛島《まげじま》の青濃き見つつ降りてゆくなり空の青より

不死鳥《フェニックス》も棕櫚の樹も葉はあらかたを吹きちぎられて貧弱に立つ

竹島も見えた。

大小の蒼き島影さきはふとのどけく思ふ旅行者われは

字を知らぬ者も歌詠むとふ島の邪悪なるまで天広きなり

百八号まで出たらしい。

一号も見るはあたはず長谷草夢《はせさうむ》ガリ切り出しし「熊毛文学」

ネタガマシの種子島とぞ誰《た》が言ひし勉強の鬼のまぼろしに顕《た》つ

巨大なるポインセチアの立つ学校「波濤を越えて」校訓となす

島の明日くらく語れる夜の宴《うたげ》「愛の故郷」を合唱し終はる

どの坂を下りても月に波の白照る島の午夜もとほりあそぶ

花にほふ大き緑のパパイアの真下に立たむ少女の見えず

歌詠みの島の低き丘在りし日の歌を彫《ゑ》りたる墓石ならぶ

葬礼はまづ歌詠みて始まるとふこころの種子をもつ種子島

大花里《おほげり》の砂の上《へ》の墓に祀られしひとを知らねど礼《ゐや》して別る

山田歌子、万延元年没す。

草おほふ墓のまろしも流されしここに歌興し死にし女人

うたびとの島おのづから招きしか大の罪の連座といへど

波音のさびし波音のあらざるはさらに寂しき草夢なりけむ

「墓石になりて始めて人間は少しかしこくなるものならむ」長谷草夢。

花買ひて墓に詣でつ石になるまへから賢愚知りゐし人よ

刀鍛冶八板金兵衛の娘若狭。

父のためポルトガル人《びと》に嫁ぎにしむすめの塚は蘇鉄の根方

囲むごと蘇鉄の生ふる墓の若狭雪降らぬここ寂しくなしや

海のぞむ丘の上《へ》の同じ一角に若狭がねむる草夢がねむる

身を捨てしかの若狭姫の一族と想へど言はず草夢がことを

ふるさとはありてあらざる近づけば怒れるごとく水せめぎあふ

丈低き草夢の歌碑を数百のブーゲンビリアの花襲ひゐる

中種子町《なかたね》の立切《たちきり》遺跡。十月末に発表されたばかり。

しづかなる光射しをり三万年前に焼けたる土の赤きに

火山灰の焼土遺構《ファイアーピット》にうつりゐるわが影くろく旧石器人なり

狩猟民の料《れう》るまぼろし古《いにしへ》ゆ豊かなる島のキャンプ地ここに

吹きぬけの千座《ちくら》の岩屋の暗きなか一生《いつしやう》といふ短きを想ふ

おほいなる海蝕洞にうごかざるわれの出口を潮閉ざしくる

悪顔《わるがほ》を曝すといへどしほしほと生くるよりよしや足濡らし立つ

岩屋よりのぞく明るき外《と》の海のかなたまれびと確実に在《いま》す

雨降る森

乳いろのうるほへる雲いま脱ぎて小飛行機降る救荒《やく》の緑へ

桜蘭くれなゐうすく咲かせたる老ガジュマルの膚《はだへ》冷たし

踏み入らむ者を許さず白き花掲げ繁りあふ青の熊竹蘭《くまたけ》

多き星数へ切れざる間《ま》にさつと身をかくしたり天道虫は

ガジュマルとアカホの蔓に巻かれつつ絞殺木の椨《たぶ》ふてぶてし

救荒神社。

釣針をここまで探しに来しものか山幸彦を社まつれり

入人《いりびと》の多き島とふ　方言は四種類とふ　救荒《やく》の名の島

気味悪きほどに亀の手の指に似る貝の味噌汁おそれつつ食ぶ

岩は赤紫色。

若からぬわれ昂ぶりぬ枕状溶岩ゆ見る海の藍いろに

原生林。

濃緑のけぶれる白き霧のなか雨合羽着て道を登れり

思ふこと清からざる身しばし忘れ樹樹のアカペラ聴き立つわれは

大きなる蝦蟇《がま》の動かず踞《うづくま》り行かせざるなり仏陀杉への道

かがやける蝦蟇《がま》の黒き眼二千年まへの昔を見るすべなきに

ごつごつとしたる樹膚に瘤多く空洞《うつろ》の深き仏陀杉なり

樒《しきみ》、栂《つが》、交譲木《ゆづりは》、姫沙羅《ひめしやら》、七竈《ななかまど》　着生の木は十種類越ゆ

古杉の幹に姫しやらの太き枝食ひ入れるなり森のたたかひ

相犯す樹と樹見て立つ現し身の胸の中まで雨濡らしくる

屋久杉の精《せい》の供養の宝塔の雨に叩《はた》かれ叩かれて立つ

鬱深き者を入れしめ鬱払ふ森のみどりの時に憎しも

褒めことば父のごと言へ切株の上に発芽し成長せる杉

突然の激しき雨は産霊神《むすびのかみ》　打ち叩かれつつ性欲きざす

樹と人のさかひまぎれむ森に入りわれはにんげんの飢渇に歩む

贋樹木《にせじゆもく》になりてしばしを立ちたれどこころ艶めく翳りをもたず

人のある必要少しもなき樹樹ら人をいこはす死のしづけさに

海ゆ立つ高き夕虹たちまちに消す強き雨　やめばまた虹

かの杉に仕ふる蝦蟇《がま》のあらはれて言問はむとし夢とぎれたり

濃く大き闇もてあます縄文の森の木霊よホテルに来ぬか

またの名はさをとめバナナの林檎芭蕉淡紅《たんこう》の花陽《ひ》に輝かす

天時時《じじ》に朝より変はる　きのふ見し虹より太く低き天弓

古代びと航《ゆ》きにし海を黒潮に乗り飛魚《トッピー》号に北上したり

II

柘榴笑ふな

この頃、ニーチェを読み返してゐる。

雨霽れて光するどく射し来たる道横切れる蟹の眼の群

びつしりと赤き果《み》を持つ土通草《つちあけび》憎むごと抜き捨てゆきしあり

苦しみてあぶら噴きつつ燃え出《いだ》す火の青竹の爆ぜむを待てり

酒飲めば般若はたらく秋の宵せつぱつまりて飛ぶ鳥は来よ

陸封の魚のごとくに山に棲む友よりの手紙分厚きを読む

父が死んで男の家族は私一人。

秀吟の生れざらめやも妻娘母の十なる胸乳《むなち》あるわが家《や》

海の面《おも》鞣す月光けぶりつつしづけきときに亡き父に遇ふ

灯《あかり》消しまなこ閉ぢ見る秋の闇うるみてくろし生の出口や

定時制夜間部の授業が終るのは午後九時、その後である。

わが部屋をサティアンと呼び日毎来る少年は女性恐怖症なり

階段を転げ落ちたるをきつかけに少し明るくなれる少年

金いろの髪もピアスも自由なる夜の学校に星さわぎ照る

さらに全国でいぢめはひろがつてゐる。大人はその実態を知らない。

根性焼きバイ菌遊び茶巾寿司パシリ解剖　いぢめ果てなし

深傷負ふものらつどはむ訝しきまで夜の生徒かたみに優し

大いなる爬虫類と思ふ雲の尾の白淡《うす》れつつかすかにもだゆ

揺れにつつむらさき淡き秋丁字見ていこふり　何隠す私《をとこ》

へんぽんとひるがへるなき大旗《おほはた》に力尽して夕陽の及ぶ

いつの代にどこ歩みゐし誰ならむ今夜《こよひ》なじめぬ両の手の平

遠ざけてゐるにあらねばそぞろ神生姜畑まで蹤きて来にけり

水おとす滝の頭頂《とうちやう》に立ちにけり若き日よりも死《しに》は冷たし

青紅葉《あをもみぢ》のころに来たりて返事まだ書かぬ一通引出しにあり

紺の天おほき臀部の一部にぞおもほゆるまで深酒したる

不戦《ふいくさ》に終る一生《ひとよ》とまだ言へず大空の青まなこ刺し来る

婆娑羅《ばさら》なす光の舞《まひ》は戎具なく戎軒知らぬわれをののかす

私の生れる前年の昭和十七年の死者。本名小野岩治。

詩名なく死にし一人の墓の頭《づ》は桜紅葉をもらひ落さず

近づけばひよどり上戸《じやうご》の赤き実ら吉左右《ざつさう》のごと照りつつ赤し

遠くより火の匂ひして枯れ死にし柚の木とわれとすりかはる夢

微恙《びやう》にて人は死なむか微言《びげん》にて人は生きむか　柘榴笑ふな

虹といふかき撫で得ぬもの広広《ひろびろ》と空にかかりて何こぼすなき

降る雨にかがやきましぬ家いへの黄の観音とおもふつはぶき

ニーチェには時代性と反時代性とある。
わが家の最も大き樹肉桂は風にさわげど明日を教へず

妖　言

かがやきて罠のごとくにわれ待たむ山上の空おもひ家出づ
星の光見ざりしはずのあかときの頬白のこゑきらきらとせり
森といふ緑の伽藍　歩みとめ耳を澄ませば沈黙きこゆ
見えざれど胞子の飛ばぬ日はなしと聞きてより空色濃く見ゆる
竹の黄をすべり落ちゆく雨粒ら逃ぐるにあらず地を叩き打つ
町なかの空地の隅のえごの花散り敷かむ川持たず咲《ひら》けり

ミティラー民俗画二首。

ガンジスの河のほとりの女手に成る細密画買ひ来て飾る

獅子と蛇を樹下に従へ霊鳥の視てゐる宇宙われには見えず

妖言《およづれ》が力を持ちてひとおそふ二十世紀末の夜を酒飲む

妖言とかかはりもなく青に照る空の下なる窓なき建家

夕映がいかに恐ろしく迫るとも武器は要らずとわれは思へり

塵穴に世のさま似ると言ひながら老いたる庭師枝落すなり

くろがねといへど裸の蟻にして畳の上を素早く行けり

疣疣《いぼいぼ》のしづかに息をしてゐたる苦瓜《にがごり》ちぎる朝の畑に

殺しすら美しき夢の一部とし見る青空のいかに見えけむ

褒めらるる若きボランティア詰らるる若きカルティストさりながら差は

孤独なるシングルファーザーに思ほゆる月の光に照らされ歩む

わづかなる樹液を吸ひて思ひきり恋ひ啼く蟬の声とぎれたり

終末はいつにてもあると聞えくる夕陽赤き樹の蟬のわざうた

揺れ大き向日葵の花掌《て》に打ちて落し来にけるが家人は知らず

ゆゑ知らぬ不安と人に語りつつゆゑ匿しゐる肉桂の木陰

ぼんやりとわれ生きをれど一億個こゆる地雷のめざむる地球

爆発を待つあまたなる地雷らの父親としてじんるいはあり

暑き日の岩かげ蛇があたまより蛇呑まむとし力尽しゐる

怖れまだ知らぬ童と寄せてくる水の尖端を踏みあそぶなり

月照らす海近けれどけふ行かず家の中にてさすらふこころ

音たてて動く時計の減りにけりベガ座琴の音《ね》たてて輝《て》れるを

苦瓜《にがごり》の苦き食べつつ裏返るなき人生をよしと思ふも

花終へし合歓の林の涼しきを歩み来て何遠ざかりたる

鎌を手に入りゆけば羽あをあをと怒気持つごとき夏の羊歯群

断罪せざる黒

踏みしだく人待つごとき葛の花踏みしだきをり濃き紫を

光り飛ぶあまたあきつの何れかに命を籍《か》しし父とおもはむ

身をしづめとまれるあきつ眼ばかりの緑の貌《かほ》の絶えず動きぬ

月光の射すひつぢ田にわがこゑの大きすぎれば黙し立つなり

曇るなき新身《あらみ》にありし青年の日と声だけは変はらず今も

声のみは生きてこの世に残りゐる死者ありと思ふ夜の微風《そよかぜ》に

亡き父のカーディガン着て籠る夜時雨れきたれば書くを止めたり

こはきまで樹樹蒼かりき新しき履物かならず朝におろしき

草の中ゆひろへる独楽をまた草にかへし沈めし少年われよ

紅葉《もみぢ》せず冬青き葉に鳥を養《か》ふ森の樹樹らかわれ育てしは

賜物の一本。

コニャックのボトルの中に白ぞ透くサンタマリア号導け明日を

えごの木を庭に植ゑた。

山辺より運ばれてきて海近きわが家に立つえごの木細し

表情のいまだよそよそしく立てり夕陽を浴ぶる葉無しえごの木

よそよそしくあるは此方《こちら》かかく思ひ朝に夕なに近づき触るる

柚の木の枯れしところに植ゑたるを知らず育たむ若きえごの木

経済的に価値低しとふえごの木をそれゆゑよしと妻は言ひたり

飛びてくる鳥のあらねばえごの木の褐色の種子風とあそべり

水のうへ歩かぬわれら黄金の銀杏の葉のうへおそれ歩くべし

銀の蛇身を引き攣らせいくたびもあらはれ消ゆる雷の夜寝るな

いただきに祀る神ある道のべの黒き牛尾菜《しほで》よ来む年良きか

寒中の雀美味しと人言ひぬ恋の甘美にへだたりながら

一切を黒き襤褸となしをへて炎《ほむら》は消ゆる他なく消ゆる

扮《かざ》るごと月光まとふ冬けやき卑しからざる野心はなきか

あかときにいまだ間のあるくらがりに香月泰男の黒を想へり

画集をよく開く一人である。

死より生《あ》れ生輝かする黒の色におのれつつみし「埋葬」の人

くれなゐの芍薬の茎黒く細し谷のラーゲリに食べしとふ花

紫は蓮華　黄は菜の花のいろ　黒は何にもあらず　一切

家族とふ自然いとしみし人描《か》ける何も断罪せざるブラック

木の枝にながく動かずふくれたる懶《ものぐさ》すずめ目見《まみ》はするどし

舞はぬゆゑ蹴られ割られしかたつむり寒夜の夢に現れ趨《はし》る

地の春

まだ二つ三《み》つかと蕗の薹叱る声聞えくる晴れて寒き日

身の堅き陸奥の子消《け》し拭《こ》きやればあはれはつかに温くなりくる

殷殷といつも曇の音《ね》ひびきゐし古き酒屋のここにありにき

人に死の近づかむ日も春天は空《くう》にあらざる虚《そら》にあらざる

世を越えしブッダ以前のゴータマを扉《ドア》開け放ち待ちたき月夜

寒がりのえごの木なるか姫娑羅に遅れ楓に遅れて芽ぶく

宮崎は山桜が多い。

日に照れる桜の父母は青き海かく思ふまで潮匂ひくる

あるだけの力尽して咲きゐるに力の見えぬうすべにの花

潮著《しる》くにほへどとはに海見ざる桜のなげきわれも歎けり

パプアまで今は南進し伐りてゐるわれら日本に樹木を愛す

アジアの樹夥しく伐り日本の樹樹ゆたかなり暗く繁りて

詩を書きて持ち来し少女殺さるる殺さるると言へり自分自身に

武蔵野のうけらの花の名をかりし餅《もちひ》食べつつくやし青春

憎むほど愛してゐたる東京とつひに言ふべしや雪の尾鈴よ

照る月の殺文句を聴くごとく庭に立ちをりじつは怒りて

月光の降りてたまれる穴黒し誰も見るものあらざるままに

県北の六峰街道を行く。

あふぎみる高きに恋の緒《いとぐち》のごとき薄紅のあけぼのつつじ

峰に咲く曙つつじ見上げつつ西行の恋ふいになまなまし

ためらはず斜面急なるを降りゆきて真向ふましろ山芍薬の花

まだ解けぬおのれのこころ黄に輝《て》れる蛇結茨《じゃけついばら》の棘に刺されつ

いまわれは誰の顔して歩めりや春風荒るる街を行きつつ

孤独とふ深夜の都市ゆおとづれし雁の使ひの薄きみづいろ

東京にゐるときは濃き宮崎にあるとき淡《うす》き珈琲を飲む

行き尽し筑紫に来よとわが言へど君は東京の鬱愛すらし

上枝《ほつえ》より咲き始めたるえごの木の匂ひ降りくる下枝《しづえ》の方に

春深き空の慫慂に舞ひあがる一人あれかしわれも続かむ

抵抗《レジスタンス》なしあたはざる豌豆と空豆らぎる朝の畑に

濡れにほふ白き褥につつまれてある空豆を摑み出したり

前世紀恋ふるならねど深更にルドンの花を妻と視てをり

鯨らのいまだ陸地を捨てざりしはるけかりける地の春おもふ

御田祭

七月五日、宮崎県東臼杵郡西郷村に向かふ。

岸の辺に合歓の花あかき美美川《みみかは》の水の誘《おび》きに人は行くなり

しのびごと持つ身を運びきて映す水の面《おもて》のきらきらとせり

みづをもて人は暮らしぬ石峠過ぎ小川吐《をがはばき》やがて花水流《はなづる》

村の日は暮れた。遅れて空を行く者がゐる。

祭りの前夜の花火大会。谷間の打上は音花火だ。

百鳥の待ちゐる森に花婿とならむ一羽か白きが飛べる

地の音のすべてを消して響動《どよ》みたる花火の炎頭《づ》に落ち来れ

西郷村出身に薄幸の歌人小野葉桜がゐる。

猪《ゐ》も鹿も野兎も腰ぬけをらむ花火の音の山打ち打てり

喧狂の人ごみ離れかがみこむひとり葉桜のするゐにあらぬか

間引かれし命あらざる村といふその村棄てて狂ひにし人

ふるさとをよそ国としていとしみし男は野火の喝采うけきや

「よそ国のごとくなつかし夜をこめてふるさとの野は燃ゆるなりけり」葉桜。

人間の言葉聞き分けぬ谷の闇膏《あぶら》のごとくわれにぬめれり

首のなき人骨出でぬ縄文の世の良かりしか還り得ぬわれら

うれひなき朝光照れり青栗の真下の獅子の舞ひの頭《かしら》に

明けて六日は平安時代から九百七十年続く御田祭《おんださい》。

緑こそ神とおもへる山道を金の神輿のかがやき降《くだ》る

神社は日陰山《ひかげやま》の中腹にある。

山と空映す田の水蹴散らして馬駆けに駆くわかものを投げ

神田は三十アール。

若きらを突き落としては駆け回る裸馬らの田鋤するなり

贅沢に恋のよろこびに酔ふごとし走る一頭誰も止め得ず

村の国際交流員といふ。

金髪を泥まみれにし微笑める田の中のオーストラリアの処女《をとめ》

異国《とつくに》のをとめ神田《かみだ》に入らしめて南の祭事ほがらに笑ふ

背に赤き幟立てたる神牛《かみうし》はのさりのつさり馬と競はず

牛馬《うしうま》のはねたる泥を身に浴びよ無病息災ねがふものらは

百舌鳥の子や大鍬形虫《おほくはがた》や栗の実の児の神輿らの泥はなばなし

泥に入り泥に汚れて声あぐる児らすこやけく百年生きよ

恋ひびとを有《も》つも有たぬも若者の力まかせの暴《あば》れの神輿

若者ら仇敵ならずかはるがはる田に突き入れて泥食ひあへり

祭りのフィナーレの百人の植付け。

標《しめ》の田に朱の裾映しさをとめら植ゑすすむなり良き早業《はやわざ》に

「下枝《したえだ》の露こそはなの香なるもの」田の早乙女を催馬楽囃す

植田《うゑた》よりあがれる乙女もの言はず薔薇いろの頬の泥輝かす

山の神山を下りきて田の神となれるを祝ふ濁酒《どぶろく》飲むも

「黙しけれど遂に祈禱にならざりきこの石くれのごとき心よ」葉桜。

ルサンチマンに燿《かがや》く石と思はねど焚く火の中に投げ入れにけり

みづからの食物《くひもの》さへも作るなく泥をかぶらぬ一生《ひとよ》をおもふ

椎葉の鴉

十月十八日、西郷村よりさらに山の奥深くへ。

褐色の莢さやさやとしづかなりほろびしものを見せぬ美美川《みみかは》

停留所山三箇《やまさんが》にて乗客はわれのみとなりバス疾走す

椎葉の巨木の一つ。

高き枝低き枝にもあまたなる乳垂《にゆうすい》をもつ雌株の銀杏

垂らしゐる乳のなかんづく太かるを誰はばからず両掌に包む

乳垂は冷たかりけり村びとのこころ七百年癒しきて

柳田國男の『後狩詞記《のちのかりのことばのき》』は明治四十二年。

若き國男立ちにし岡にびつしりと生《な》れる零余子を生《なま》のまま食ぶ

けぢめなき平成の今か鹿子《かご》の樹の皮ほろほろと掌に剝がし立つ

くれなゐの鹿の刺身のあまきかな猛《たけ》き一頭の肉《しし》と思へり

美美川の五つのダムを取りこはす夢熱しつつ男は語る

焼酎は乙類ならず甲類の椎葉人《しひばびと》なりぐびぐび飲めり

星形の葉緑体をもつといふ川海苔あぶり夜のふけに食ぶ

あかときをきいんきいんと艶めける牡鹿の声よ近くて遠し

鹿のこゑ途切れしのちの暁闇に眼を凝らしゐつ恋覗くがに

天よりも暗き杉山にいま没らむ立待の月わが額に照る

平家伝説は村の至るところにある。

みつしりと光詰まれる銀いろは落人《おちびと》の森に沈みゆくなり

朝露に濡れたる野菊笑むがごとかたまり白し一つごころに

竹叢に集ふおびただしき鴉われ近づくをどれも無視せり

逃げ行かずうるさく啼ける声の下われに漲りくる力あり

手を拍ちて脅せばゆつくり枝離る一千羽の中なる十羽

またかへりきたる一群死のきはのなんぢらの声われに教へよ

ひろひたる竹を翳《かざ》して道行きぬ鴉らは知る憎のこころを

食《しょく》ゆたけき都市部に仲間移りつつあるを知らざる椎葉の鴉群《あぐん》

わがうしろ蹤きくるごとき声あれど姿は見えず椎葉湖までを

ダムの池にあがる魚を待ちてゐる怠けの輩《やから》とふ説もある

山深きゐなか愛して棲みつける真黒ら吾《あ》を翼賛せむや

ダム工事の犠牲者は百五名。

丘の上《へ》にダム見下ろせる慰霊碑は氏名不詳の三人《みたり》を含む

慰霊碑の近くで練習してゐる。

水渡るひえつき節よ声太くうたふ翁に恋ありにけむ

落人の末裔なしや犠牲者の変身なしや湖《うみ》の鴉に

びつしりとダム湖の東埋《うづ》めゐる流倒木の太きに一羽

秘境とはもとより言はぬ椎葉人「朝は朝星、夜は夜星」なり

日の鬼の棲む

家の近くの矢的原《やまとばる》神社に初詣。

金盃に御酒《みき》いただきてかへりゆく吾《あ》を的とせよ十三夜の月

月光の身に痛きなり青春は利鎌のごとくまだわれにある

初話《はつはなし》たつぷりしたり五枚の葉残し立ちゐる庭の杏子と

わが生《あ》れし橘通いつしかも声かけ通るもう無き家に

懲らしむる雪なき南銀光《ぎんくわう》のつつめる橋に長くたたずむ

ふるさとはどこどこどこと吹く風に幾度出会へる橘橋よ

戦場《せんぢやう》坂《ざか》過ぐれば間もなく生目《いきめ》なり景清祀る社《やしろ》ここなり

悪七兵衛《あくしちびやうゑ》まつる社に紅き果《み》をかくさず繁るふうとうかづら
　娘人丸よ。

天空の月より甘え許さざる鋭《と》きかがやきの水の一つ目
　沼空「うき我の心も　なぐや／と送り来し／生目八幡宮の由来書き　あはれ」。

赴任せる日向に景清調べつつ死ににし弟子の深く傷まれき

みづからを隠してゐるにあらざれば虎鶫啼く未明の森に

たぶのきの下を流るる水の辺にむすめのやうに姫芭蕉赤し
　御用始。いつもの自転車で。

老いたりと思ふ海号あさかぜにここだもさやぎ林に急ぐ
　近くにみそぎの池がある。

勤むるは阿波岐原《あはきがはら》の松原の一角にして鳥のこゑ満つ

さへづりの聞こゆる部屋に面談す今日は薄氷《うすらひ》のごとき少年

一月十五日、青島神社恒例の裸まゐり。

海に入りみそぎをせむと裸なる男に触るる女らもある

百数十名はゐるだらうと思ふ。

ひもろぎを先頭に立て肌白く入りゆけるなり寒の青潮に

泣きわめく幼子を肩車してしだいに深く身しづむる男

海しづかなれるに男ら入りゆけば大波おそふ白き秀《ほ》立てて

諸声《もろごゑ》はよろこびかはたかなしみか海の一団叫《おら》びやまざる

その故事も日向の国らしい。

まづしくて裸にあらず山幸彦帰り急なるゆゑの裸なる

海の中に水掛けあへる若きらは豊玉姫の血を引きをらむ

肌あかく染めて水より一斉に上がりくるとき潮の香の濃し

“Very cold !” と岩の上《へ》に言ふ中年のアメリカ人の笑顔見せつつ

祝福の拍手を皆よりうけてをりけふ成人の褌の青年《にせ》

街上は晴着の男女多からむ裸の青年《にせ》の恋実れかし

忘れねば恋はとこしへ遥かなる鴨《かも》著《ど》く島の見えねばすがし

熱熱《あつあつ》の海老と豆腐の磯汁を潮に入らざるわれもいただく

紅《くれなゐ》の濃きがまづ咲く緋寒桜五十五年のほだしまた良しや

雪鬼は棲まずといへど日の鬼のかんかんとゐる空真青《まさを》なり

後記

私はほとんど旅に出かけないできた。もちろん、仕事の都合その他で方々に出かける機会は少なくない。だが、それは旅とは言えないだろう。「いざ行かむ行きてまだ見ぬ山を見むこのさびしさに君は耐《た》ふるや」と歌った若山牧水を、単に故郷の先輩としてのみならず愛しつつ、自分自身は見慣れた日向の山々を眺めることでほぼ満足してきた。人には移動を好む狩猟民タイプと定住して動かぬ農耕民タイプがあると聞いたことがあるが、私はさしずめ後者なのに違いない。

ところが、知命を過ぎたころから、そんな私が牧水の言う「さびしさ」、「まだ見ぬ」もののある「さびしさ」を密かに、時には強く感じるようになった。若い時から動かなかった自身の根幹がいくらか揺らぎ始めている。いや、揺らしたくなったと言うべきか。

「短歌研究」の編集部から三十首の八回の連載作品を依頼されたのは丁度そんな時だった。

私は「まだ見ぬ」土地を訪ね、その土地の自然と人間に出会った想いを力の限り歌ってみようと思った。そぞろ神などという大層なものが私に憑くはずもないが、ただ「そぞろ」の気分をできるだけ大切にして旅し、歌いたいと思った。

本書のⅠ章はそのようにして生れた旅の作品である。「真白の宇宙」では真冬の山形を訪ねた。蔵王の頂上の吹雪は生涯忘れ得ないだろう。「赤滝黒滝」では高知から東北へ春を追った。まだ雪の残る最上川の源流に立つことができた。「恋の筑紫」では気温三十五度を越える猛暑の中を万葉ゆかりの地を求めて旅した。遣新羅使人の望郷の念が遥かな時を隔てて実感として迫る山と海の姿がそこにあった。遥かな時云々と思わず書いたが、たかだか千三百年ほど前なのだ。「こころの種子」では初冬の種子島に降り立った。この南の島が心豊かな歌詠みの島であることを知る人は残念ながら少ない。「雨降る森」では初夏の屋久島の緑にたっぷりと包まれた。屋久《やく》に救荒の字をあてることも島に行って教えられ、森の激しいほどの生命力にあらためて驚嘆した。以上の五篇、いずれも私が初めて訪れた土地で歌った作品である。どの旅でも数多くの人達の御世話になった。この場を借りて心から御礼申し上げたい。

前半のⅠ章が「まだ見ぬ」他郷に出かけた作品であるのに対し、後半のⅡ章は日頃生活している宮崎の地の作品である。学生時代の東京の四年間の他は、私はずっと宮崎に暮らし続けてきた。牧水が恋し愛しながら帰らなかった、この宮崎にである。蛇足を言わせてもらえば、牧水は明治十八年の生れで、私は昭和十八年の生れだ。そして、牧水は明治三十七年に早稲田に入り、私も昭和三十七年に早稲田に入った。年号を外してしまえば同じ。ただ、牧水は明治四十一年に大学を卒業すると文学のために東京にとどまるが、昭和の同年に卒業した私は迷わず宮崎に帰った。自分には志はないのだろうか、とも考えながら。

Ⅱ章にも旅した作品がある。県の北部を流れる耳川の中流域の西郷村を訪れた「御田祭」、さらに上流の椎葉村を訪れた「椎葉の鴉」の各三十首がそれである。美美川とも書く耳川は牧水が深く愛した川であり、牧水の故郷の東郷町もその流域にある。西郷村出身の歌人の小野葉桜は牧水の親友で才能がありながら薄幸の一生で終ったのだが、葉桜や牧水が明治三十年代に文学的情熱を熱く燃やしていたのがこの耳川のほとりの山村だった。

Ⅰ章は他郷の作品、五章は故郷の作品ということに一応はなる。だが、今にして思えば私は他郷の中に故郷を見出そうとし、故郷の中に他郷を見出そうとしていたのかも知れない。大学を卒業した後に私はなぜ故郷に帰って長く住み続けているのか。いや、そもそも故郷とは何か、また現代の私達にとって魂の故郷というものはあるのかという課題を、この後も持ち続けることになるのだろうと思う。

本書に収めた作品の内、前記のⅠ章の五篇とⅡ章の「御田祭」「椎葉の鴉」「日の鬼の棲む」の三篇は「短歌研究」誌上に一九九七年四月から九九年三月までの期間に連載という形式で発表した。Ⅱ章の「柘榴笑ふな」「妖言」「断罪せざる黒」「地の春」の各三十首の四篇は一九九五年七月から翌年終りまでの作品である。もともと三十首で発表したものもあり、今回三十首に構成したものもある。

『海号の歌』に続く本歌集は私の第七歌集になる。出版にあたって短歌研究社の押田晶子氏に一切を御世話になった。厚く御礼を申し上げる。

一九九九年七月

伊藤一彦

歌集　柘榴笑ふな

（抄）　一九九六〜二〇〇〇

二十四曲のCD。

娘らに贈るより先に贈られし「大江光の音楽」聴けり

紅梅の前にぼんやりと娘《こ》は立てり恋風あれば恋光《こひひかり》あれ

東京の晴れがましきは行かぬとふ　吾妻《あづま》は家に花彫りをらむ

大学卒業後の職場を辞してハウス栽培に賭ける青年。

日向灘近き砂地に土入れたる君の六棟のぎんいろの城

放送の「人生相談」聞きながら胡瓜ちぎるなり棘光れるを

有り難うございましたと胡瓜らにいつも声かけ仕事終る君

わが娘きうりのごとく恋されぬその幸福を父に言ふべし

定時制夜間部の高校は朝礼でなく暮礼が夕刻にある。

ばうれいと言ふ者もありいうれいと呼ぶ者もあり夜仕事始む

定時制夜間部三首

摂食障害は男にもある。

拒食過食繰り返しこし青年は皮膚たるめりと腕や腹見す

痩せてこそ人に愛されむと激痩《げきやせ》し愛されざりしを果てなく語る

谷川健一氏によれば、日本列島に先住の南方系の海人族は大きな耳輪をさげてゐた。

朝茜消えゆき潮の紺のいろふたたび暗し渡り来し人よ

クーデターに遭つて大和の日向派は力を失つた。

日向のくに離りしはてに胸も背も矢射られ死にし手研耳命《たぎしみみのみこと》

耳飾る夜の生徒らは稲作をもたらしし者のすゑか明るき

ゆふぞらの消紫《けしむらさき》も消えにけり消人間《けしにんげん》としてわれ立つか

灯を消して窓より月を見つつ聴く「悲愴」あかるし氷湖《ひのうみ》に似て

今のわが齢《よはひ》に死にしチャイコフスキー自殺説あり愉快ならねど

どぶろくに明るく酔ひて声大き山のわれらよ星のまんだら
青春も中年も愉しまた悲し脂《あぶら》の乗れる坪谷の猪《しし》よ

日向市坪谷二首

淵といひ唇《くち》といひ湛へ深きもの最《もと》もおそろしほほゑむときに
われが魔か逢魔が時に橘のしろきつぼみのかたはらに待つ
月光に照る　莠《ねこじやらし》　揺れながら待ちゐるごとし人の世のをはり
海の音汝《なれ》は聞くやと仰ぎ言へば応と答へぬ月光居士は
人の世に先んじありし花の世ぞ幹濡らさむと酒たてまつる
方丈のカウンセリングルームの絵　一枚は夜の吾亦紅なり

定時制夜間部三首

伊藤《いと》ちゃんとわれに声かくる少女けふ短歌が百個できたと言へり

最後なる給食さくらちらしなり転勤秘めて生徒らと食ぶ

たつる音大きく苦しくなりきたる海号の腕けふは蜘蛛乗す

生きてゐる長さの全《また》く異なれる星と人なり目合《まぐはひ》難し

若からぬわれに芒はさゐさゐと星はしんしんと豹変迫る

父六首

父生きてあらば九十歳《きうじふ》の誕生日形見の時計遅れゐるなほす

冬の夜は卵酒よく飲みながら店番してゐき十二時までを

福耳とよく言はれしが老人性鬱病のころもふくよかなりき

夜な夜なに父のむつきをわれ替へき白く小さき尻《ゐさらひ》恋し

黙阿弥の忌に父の忌の重なれど粋も酔興も知らず逝きたり

ちちのみの父の遺ししネクタイの一本結ぶどこも行かねど

夜のふけの男雨《をとこあめ》やみしづかなる女雨《をんなあめ》降る朝を発ちたり

霧立越七首

尾根伝ひに脊梁山地を越える。

黄の色のゴア・テックスに身をつつみ霧立越《きりたちごえ》の入口に立つ

馬見原《まみはら》と椎葉を結び荷を負ひし馬の歩みし道なりここは

落ちのびてここ行きし者数知れず平家の落人また西郷軍

霧立越霧こそよけれどぶろくを宿に置きこしことを惜しめり

雨降るといへど明るきささみどりの光の中にむしかり咲《ひら》く

落人のうからのごとく霧立の峠を越えて下りくれば霽る

濃きすみれ色の新酒のふさはしも春の北斗のひしやくの中は

体長きシーボルト蚯蚓日向にてかんたらうとぞ親しく呼べる

紫の濃く気味悪きかんたらう人を無視してぬらり這ひゆく

空あかく焼けるほむらにつつまるる霧島黒し堂堂と黒し

曇りたる午《ひる》といへどもつはぶきの花に飛ぶ蜂羽根すきとほる

宮崎の土のこる靴に道祖神見ぬ東京の道をあゆみき

上京四首

一日《ひとひ》こそ一日こそ重《おも》　遙かなる冬の落暉の落つるまで見つ

ひしひしと鳥の大群ゐるゆゑに着陸かなはぬ飛行機よけれ

この都市を古代都市とせむ千年後パンも心も人は要らぬか

くれなゐの鹿のロースの冷えてゐる霊蔵《れいざう》の庫《くら》にゆふべ近づく

夜《よ》の十時ごろに最もよく動くとまだ母ならぬ娘の言へり

低くして響くわが声にしばしばも反応すらし驚かさざらむ

生れたるばかりの小《ち》さきみどりごのデジカメの中にさらに小《ちひ》さし

生れきて一日《ひとひ》たたぬにくさめしてまたおならしてみどりごは忙

名をいまだ持たざるもののよき香《かをり》われは微醺《びくん》をおびて立ちをり

初嵐の白にはじまるわが庭のつばき終りは崑崙黒なり

夜ふけまでけふも板彫る古妻のここしばらくは南京黄櫨の葉

水清き川を見おろす吾味《ごみ》といふ無人の駅に翁降りたり

高千穂線

てのひらに何も載せなば秋載らむただに明るき今日の高千穂

われはなぜわれに生れたる　中年の男の問ふは滑稽ならむ

歌集　新月の蜜　（抄）　二〇〇一〜二〇〇四

日向の国夜《よ》の明けたれば仏生会の青苗の田に燕来てをり

世の道のすべてが舗装されゆかむ　わが家のまへ呼吸する土

自己矛盾大きく豊かなるがよし高千穂峰《たかちほのみね》赤き膚見す

われに似て声大き蟬ら集へるか昼のみならず夜啼くもゐる

樹の幹に羽白く身は褐色にぞろぞろとをり熊襲のすゐが

倭建《やまとたける》に刺殺されしをよろこべる熊襲をどりよ熊襲はわれら

教へ子の一人かつての講演をふいに言ひたり「目をつぶる啄木」

新婚の佐佐木幸綱に遠く来てもらひき南の生徒らのため

われの歌を少年刑務所の新聞に見きと訪ね来し教へ子いづこ

娘らに相手あらはれ家出でぬ　一人は東京、二人は日向

明るき陽《ひ》射せる刈田のうるはしき鷺ゆゑ会釈して通りたり

毒茸に師の釈尊を死なしめしチュンダ思ほゆ幸福の夜に

宮崎駅乗車。

駅弁の椎茸めしをたちまちに食ひ終りたり海見ゆるまへに

単線の日豊本線におどろける東京の人にわれおどろきき

介護老人保健施設で出前短歌会。

菜の花の黄のかがやける丘にゐる老いらを訪ぬわれを待てれば

媼らのなかに恋するひとりありおのれ呆けて悲しと言ひつつ

こひびとは脳梗塞の重くして言葉なき人になりたると告ぐ

ふゆの落葉はるの落葉をともに焚く火に老年の恋をおもへり

曲ること好める者はたづねこよ道入り組める奥なるわが家

太陰暦つかひて日日をくらしゐるわれにこよひは新月の蜜

昼前の田の畔に「俺は田んぼぞ」と男言ひをり携帯電話に

自転車の荷籠にのせてみどりごを配達したり若葉の森に

宮崎小学校五首。

入学は朝鮮戦争の年なりき今もあふちの緑濃き庭

半世紀近く先輩のわれにして六年生の授業なさむとす

偶数と奇数のいづれ好きか問ふ　短歌の授業のまづ冒頭に

手をあげて児《こ》のおほかたは偶数を好きと答へぬ予想通りに

元旦も雛の祭りも子どもの日もそして短歌も奇数と言ひぬ

重からぬ月のひかりを吸ひながら妻とあゆめり畑の中を

時間とはいづこに消ゆる二年間妻と同じき小学校なりき

味酒《うまさけ》の身はふかぶかと酔ひゆきて待つこころなりいかなる明日も

一人づつ数へられゐる国の死者　多数と発表さるる国の死者

映像は瓦礫の上に立ち叫ぶ人らのかげに妊婦を見しむ

県立看護大学に赴任

双子の一人が死産だった與謝野晶子の文章。

死産せる母親のケア学びたき学生と読めり「産褥の記」を

棄てられし母と記しき虚無を生み死を生みしとも歌ひし晶子

『誕生死』を読む。

死産の語用ゐぬ親の手記集なりstill bornとは「なほ生まれた」の意

四人目を妊る女性テロ犯として逮捕されきイスラエル兵に

庭隅に生《な》りたる太き苦瓜の二本もわれと羽田に飛びぬ

上京二首

東京に嫁げるむすめ東京は何もかもあると寂しげに言ふ

天山を越えし玄奘と庭にいま遊ぶ雀とともにたふとし

わが妻はをとこやうぞめ植ゑにけり男用済みとわれは覚えぬ

黄花の語もつ花の一つわが庭に咲くキバナノツキヌキホトトギス

自らの葉をつらぬきて茎のばす黄花の草よ　似る人思ふ

アラスカまで往きて還りし四年間この鮭の身の一切《ひときれ》にもあり

一生とふ有限無限　遠き灯の夜行列車を見送り立てり

歌集　微笑の空（全篇）

後　炎

まつさらの一日《ひとひ》一日を生きてゐる鳥の尾づかひ時に激しも

仕事終へ橘橋をかへるとき天地《てんち》紅《べに》なる瞬間に遇ふ

竹叢と旧知の月は地の中のくまぐま知りてかうかうと照る

われひとり笑ふもひとり笑はぬも涅槃に行かば小さきことか

亀のにほひする樹と言へば頷けるこの人われより不思議なりけり

ごみ出して帰れる庭に朝光のほたるぶくろの白ひそかなり

いつよりか男のすなるごみ出しをわれも励めり当然として

「老人のぼくだけですね雨のなか生《なま》ごみという物を運ぶは」（坪野哲久）。

ごみ出しの最も早き歌の一つ世のごみに清く怒りし人よ

ただの川ただの石ただの人われの月光を浴ぶただの死のあれ

戦場にあらざる街の「戦争」のただならぬ死を外電伝ふ

後炎を見てゐるならむ砲口より出でゆく弾は誰も知らざる

山口県立美術館二首。

鎮魂のためのシベリア・シリーズに黒き日の丸描かれてをり

見る資格あるかどうかを問はれゐつ香月泰男展の一角に

真黒のひじきを朝も昼も夜も食べて倦《あ》きねば一つ達観す

運命のごとくといふ喩いまだわれ遣はぬままに華甲を越えぬ

大山蓮華

半眼にまだ間のあれどしろたへを輝かせゐる大山蓮華

三歳の子を木に縛り火放ちし六歳のシーラ　日本になしや

幼くて虐待受けしシーラなり他への攻撃生くる術なりき

鉛筆の尖りて赤し　憎しみに武器とならざるものなき教室

青葉闇その中に入ればいちはやく隠れてゐるが鳴き声を立つ

身をちぢめ悪くないのに丸まつてゐる灰黒き団子虫なり

平凡にフツウに生きてゐるひとの喜怒哀楽のフツウや否や

「一斉」をきらへるゆゑに給食も授業も拒み家にゐる少女

三十世紀に世界あるかと問ふ少年あるわけないと自《みづか》ら答ふ

「鑑定」をされがたきこころ誰も持つ　しづかに開く大山蓮華

緑の国

水の辺の花の終れるねむの木にはまぼろしの花を見てをり

街よりも山の子の足細きなり遊ぶ友なくテレビ見てをれば

そもそもは南米の花　宮崎の花にはあらぬブーゲンビレア

楠《くすのき》の並木　いつぽんいつぽんは孤立して樹《た》つところ通りつ

みどり濃くみどり多くて幸ふを日向《ひうが》の流人よろこびたりや

生目《いきめ》とふ地名残れり景清がおのが両眼ゑぐり捨てしここ
宮崎市の北西。今はプロ野球のキャンプ場として賑はつてゐる。

生ける目の迷ひ深めき日に向かふ緑明るき日向の国に

娘《こ》の声と知りて一度は名のらずにゐし景清をわれは否まず
鎌倉からはるばる人丸が訪ねてきた。

世の闇のすべてを集め視し人よ　七兵衛景清、オイディプス王

プラトンに想起説あり月光に濡れかへりつつすべては親し

九　絵

朝の日に照る吾亦紅さいはひはどこよりも来ずどこにも行かず

欠伸《あくび》して背伸《せな》ばす快　窓ごしに庭の雀が見てくるるなり

東京のむすめつくりて送りこし味噌味はへばわが妻の味

夜半の秋空《そら》の降りくるけはひありベッドの上に寝ねがたくゐる

今朝のわが話に法螺のあらざるか語るは騙ることといへども

みつみつと深夜徘徊のエネルギー溜めておきたし老い来む前に

もの盗《と》られ女性に多し妻盗られ男性に多し痴呆のデータ

「焼酎も茶も出さんとに」つぎつぎと襲ふ台風を媼わらへり

傷みなき花びらもちて咲き残る狐の剃刀すべて剪りたり

木の扉木のこころあり鉄の扉鉄のこころのあるに感ぜず

フェニックスの幹の鱗に触《さは》りをり内の弱さをさぐるごとくに

ふるさとに長く棲みつつ持つ帰心人には言はず川にも言はず

マリネにし赤ワイン飲む外敵を恐れぬといふ南の魚を

透きとほる身を持つくゑよ褐色の帯の泳げる姿は知らず

くゑの字は崩《くえ》もあるなり仏教語の九会《くゑ》もあるなりこの魚は九絵

群れなさず岩穴に独り棲む奴の身と思ひ食ふ心甘えて

火の声

朝日射す樹のいただきに啼く鵙の姿小さし火の声出《いだ》し

咲きすぎて黄におぼれゐる金木犀見て見ぬふりに通りすぎたり

行きつけの竹の林の月かげといへど心をゆるさず対ふ

象あらぬ動物園の寂しさに新しく象来たりて気づく

青汁をまぜし豆乳入《はひ》りゐるけふのからだは優しくうごく

魘されて夜にさめたれどよく思《も》へばかぼそき声の小鬼なりにき

言霊を信じをらねばカウンセリング成り立たざるとわれ言ひ過ぎつ

バスの中に泣き叫ぶ赤子もつと泣け今泣くべきは汝《なれ》のみならず

秋思歌篇

秋ことに鳥養ひの柿の木を支ふる土の四時をしづけし

中部短歌会「短歌」追悼号。

身の塩を食みて歌ひし建といふ人と書きたり帰り来ぬ人を

のどかなる秋夜の酒の何のはづみ身空の空の一字おもほゆ

三つ星を背にもつ蟹のスープ飲む日向の海の底の潮の香

寝残りて聞き惚れゐたり霜月の夜の土砂降りのあたたかき雨

北海道の浦河べてるの家。

否定すべき弱さ、強さの反対にあらぬ弱さを「べてるの家」言ふ

限らるる環境下にのみ生を得る大型哺乳類よろしけれ

東郷町四首。

木炭と椎茸積める高瀬舟光る水面を行くまぼろしに

耳川と坪谷川出会ふここ舟戸《ふなと》　少年牧水舟に乗りしは

祖父が牧水と同級生といふ老女が話してくれた。

村の子の誰も持たざる肥後守持ちてゐたりし若山繁

寂し寂しかなしかなしと弱さ見せ詠みし男のしたたかさ思ふ

毒ひそめ輝くべしや秋の陽に照るまむし草の赤き実ほどに

隈《くま》にして曲《くま》なるゆゑに大いなる父の故郷の森の熊本

口に強き球磨焼酎を飲みながらこころ急湍を下る父へと

廊下にて顔あはすればいつよりか会釈するなり裸の骨に

腐るなく黄《きぃ》いつまでもかがやかすレモン苦しむアメリカゆ来て

きりはたり危ふき心知りながらその儘《まま》をればきりはたりちやう

一木だけ紅葉しつつ恥ぢてをり照葉樹林の大き櫨の木

リフレーミング

たそがるる照葉樹林にほとけの木あらむか　否《いいや》木は仏なり

時かけて猿田彦拝む女あり雨のなか白きビニール合羽に

秋深く白かがやかす霜柱　花に声あらばいかなるこゑか

黄をかかげ高さを競ふ他よそに低きに足りて咲けるつはぶき

あまりにも「いい子」の君は手首切る過剰期待はすでに虐待

首縄を自分で自分につけてゐる苦しみ深し太股も切る

学校にこの子行かなくてもいいと視点変換《リフレーミング》す　苦しみし母が

川中の自転車かならず本当の持主にあらぬ人乗り捨てき

人の世の人みなさがれといふごとく月輝けばどこにさがらむ

ごまつくねなども胃の腑に入れながら内臓《はらわた》に謝す六十一年を

もの凍る音は寂しと聞きしかど燃ゆる音また寂しかりける

逝く秋の白雲《はくうん》とても無一物ならず光を増して移動す

微笑の空

二月九日。

新月の年あけ決シテ瞋ラズと書きし賢治の瞋りを思ふ

光る霊あると思へば捨てられて月夜を光るビニールの霊

同十一日。新潟県堀之内町。

蒼穹をかくせる越の雪の空ただただ白し地はさらに白し

寂しければこそ生れぐに愛しみし人のみ墓を雪埋めをり

雪中花水祝四首。

上下《かみしも》を着て雪下駄に歩みゐる二度なきわれに雪の降り頻く

おおここぞ神のやしろの雪の上《へ》が若きの裸投げ出すところ

新婚の若きしむらに手桶もて水そそぎかく陽《やう》をしづむと

父の名を牧水といふ　雪愛でし「北越雪譜」の鈴木牧之は

係恋の人あるもなきもそれぞれに小草生月待ち遠しきなり

相談者《クライエント》の前にをりつつその姿見えぬが極致カウンセラーは

内に外に見殺しの罪もつ者が芽吹く林を堂堂と行く

灯を消して目をつむりをり自らをカウンセリングする必要に

カウンセラーのC・ロジャーズ。
アルコール中毒となりし中年のロジャーズの生《よ》がわれを励ます

梅の林過ぎてあふげば新生児微笑のごとき春の空あり

底深く地の金剛力ひそめもつ海あをあをと照りてことなし

美美津《みみつ》より若き御子《みこ》渡り行かせける日向灘の青この青なりや

わがうちに熊襲棲むはずがこの頃は留守の多しよ人に言はねど

天孫の降臨以前は空国《むなくに》や　天《あめ》おびやかす山緑なり

夏に行った。

今帰仁《なきじん》の緑濃き山おもふなりわが遺伝子のみなもととして

けふの雷《らい》手加減しをり土中より出でて間もなき一人静に

若き日は思ひみざりき悉皆のかへらざりければ充実する生

まつすぐに笑はず怒らず降つてくる春の雨より弱いか人は

花過ぎて清しさかへりびしびしと雨中の梅のくろがねの幹

山桜の花散りかかる道祖神行く人だれも拒まずとほす

花

乳もなく陰《ほと》ももたぬにうるはしき染井吉野の真下に入りつ

共寝せしもの見当たらず朝風にさくらはうすき花びら揺らす

詰る者なき安けさに咲き照れるそめゐよしのを離れて立てり

東京に山ざくらなきを悲しみき早人生の牧水の日記

昭和遠くなりゆくほどに背後霊濃くなりゆかむ花の桜は

即身かつ即心に生きよ散るまへの花がささやくきらきらとして

咲く花をふるへあがらせ喜べる下土《かど》の倅のいかづちがゐる

岡の上《へ》のおほき桜に乗駕してうごかぬ白き雲の見えたり

花びらのうかぶ水面にみどりごの顔を咲かする若き父あり

最上のいちまいなるか着地するまで長き時もてる花びら

地に散りし花それぞれに叫びゐる白日夢見すわれのニーチェは

坪谷より『ツアラツストラ』注文せし明治四十五年の牧水なりき

桜をはり松の林に来てゐたり潮の香いまだ夏の香ならず

卍

相知れる空のひかりに山桜つつまれひらく百年越えて

荒荒しき桜はなきかむらぎもの心の怒り呼び起すまでの

放下してならざるものとすべきもの別《わか》ちがたしよ泉聴きつつ

十年にて児童肥満率倍といふ中国のさらに十年後思ふ

アメリカを批判しながらアメリカを追ふ　我我の中のアメリカ

咲きさかる桜の今日を子どもらの健やかならず日本のどこも

十代の妊娠を説く学者あり「環境ホルモン少ないうちに」

容易《やす》くニックネームに呼ぶな毒深き内分泌攪乱化学物質を

日の匂ひする明るき子やうやくに語り始むれば表情変はる

直接の暴言よりも遠巻きにささやかるるに苦しむと告ぐ

よき長男よき委員長のこの生徒よく磨かれし嵌め殺し窓

家庭内殺人のニュース見る家家《いへいへ》かつてのごとき暗がりあらず

みづからを犬と思はぬ犬あるらし人は自らを人と信じゐる

笑ひもたぬゆゑ笑はるる樹の悩み聴きゐる夢のカウンセリング

力入れ鏡を叩くをさなごのこころの卍《まんじ》誰が知り得や

風のなき冷たき朝にひらきたるうぐひす神楽世の外を見ず

山の雨降り続けたり熊鷹の幼きの飛ぶころとなれるを

那　由　多

きのふより雨降りやまず恩簡のたまれる家の重くなりゆく

雨あがり時たちたるにおろおろとしづくしこぼす黒樫の木

占ひは面白きかな転蓬のさだめをもてる我と告げらる

酒肆の客われひとりなり鱧の骨切り断つ音を聞きつつ飲めり

みなづきの夜の稲田をわたりくる風に立ちたり邪魔物として

世の外に置かるるごときホーム訪ふ歌詠みたしとわれ待つ老いら

煩悩の消えぬ老年と八十歳が河鹿の声を無視して言へり

若きには若き老いには老いのいろ　螢のあかりわれに近づく

引きこもる若者多し閉ぢこもる老人多し夜霧出で来ぬ

威厳なほ失《なく》さぬといふ　バリアフリーの獣舎に棲める老《らう》ライオンは

迷ふべく時に滅茶苦茶に道選ぶわれ不審がる一人のあらず

あかときの枕もとまで押し寄する千の蟬声《せんせい》調子はづれなし

迎へ火に近づき逃ぐる団子虫ただに眺めて妻と立ちゐつ

わがものにあらざるわれを寝ころがす那由多の波の寄る青島に
月光に照らされにつつひえびえと海もの暗し　この世しか無し

青の音

置き捨ての乳母車あり泣きすさぶみどりごの無く原はしづけし
遠き山すでに消されぬいさぎよく白雨の中にわれを差し出す
ゆふだちのなかのゆふひが徐《おもむろ》にゆふひのなかのゆふだちとなる
解《わか》らぬに哲学書読みし高校の棚のみどりの濃き下に来つ
十代のわれに六十代のまたわれに棚の古樹《ふるき》の傍観ぞよき

裕次郎ひばりの知らぬ六十代ひらめかざるかきらめかざるか

忘れもの比べしてゐる妻とわれ月忘れたる空の下行く

自動車の免許をもたぬわれと妻スピードとふにそも縁のなし

庭の木も草もわが妻を友とせりいや妻とせり少し嫉妬す

テロの数まさりゆく夏ひつそりと庭に狐の剃刀咲けり

戎装をしてあらざるは死にやすし分りきつたることとなれど思ふ

樹の下に燈色《たうしよく》の花咲かせゐるきつねのかみそり根茎《こんけい》黒し

青の音きこゆるまでに空晴るる日向の国に妻が夫《つま》殺す

花多き日向の山のやまんばは花を食らひき人食らはずに

停留所にバス待ちをれば虹よりも高く飛びたる麦藁蜻蛉

わが向かひに坐れるをとめ太股のタトゥー鳥らしよくは見ざれど

仏壇の父にうかがふやや安き中国製の真菰よろしや

紅裏《もみうら》の青きころもの空のした古塚の辺にくれなゐを待つ

月の夜の畑に立てば地の棘のごとしも人の一人たるわれ

水渠の花

朝明《あさけ》なる竹の林のくらがりに頭さげ入る竹ならぬわれは

ひらきたる淡紫《うすむらさき》の沙参の花めぐりの光ささめきて見ゆ

平成も十七歳まで育ちきて父の昭和の十代に似るや

戦争の世まで間《ま》のあれ叱られて泣かぬ童子が虹あふぎをり

爆殺よりわづかに早き爆死ゆゑ人の死を見ず人の死知らず

台風十四号。

自らを持て余したる大淀川すべのなければ家に向かひき

二日後は悔いの土色見せながらしづしづと行く日向の灘へ

秋風《しうふう》と言はずあきかぜ　はなびらのとりわけ細き野菊に吹くは

冬瓜《とうがん》のとろり煮えたるをそろり食ふ永世の中の一瞬長し

地《ぢ》の酒を三合四合　五合越え六合飲めば宇宙を飲まむ

少年のごとくに夢精したりしと古稀の先輩ひそかに言へり

突き進む精子の中に小人ゐる説のありしは愉快ならむか

ＥＤの相談に行きし九十代ありあはれむべしや羨むべしや

T大データ。

月光に照らされ白き鹿の妻　近づくことをわれ遠慮せり

むらさきのあけびのごとく満ち足りてあるを願ふにいつも及ばず

「戀ひば」より「戀はば」を選ぶ歌ごころ　難波津の鴨特に雄浪《をなみ》や

「馬を洗はば馬のたましひ冱ゆるまで人戀はば人あやむるこころ」（塚本邦雄）。

世の外に行くにはあらず雨過ぎし水渠ながるる金木犀の花

妻出でてひとりの家の夜の居間に秋の田螺のごとくひそやか

アンケート結果。

学生の「好きな家族」は母、姉妹、ペットと続きしんがりに父

わが後を長く生きゆく幼子のよろこび転ぶゑのころ投げを

生涯にするなきピアス机《き》の上に白くかがやく骨のごとくに

もう一人の自分がゐると語る子ら増えつつあるは「進化」ならむか

みづからの中に三人居ると言ふ男子　一人は女性らしき

ときどきはわが目の前に対話して見するなり一人二役の様に

箱庭療法。

右がはは家族だんらん　左がはは嵐の海を鯱ら泳げり

だくだくと受容あるのみルサンチマン表出さるる秋の一室

『老いて歌おう』編集。

かなしみを笑ひゐにけり百歳をこゆる媼と翁のうたは

天の変地の変よりも人の変思ふこと多し吾《あ》も人なれど

わがこころ今夜《こよひ》いづこに舟泊《ふなは》てせむ広すぎて困る日向の空は

人に限りて

よく見れば月の光にひらかるる木の間の空《くう》に私《わたし》がゐたり

深秋はいたく納得すたましひは胸ならず皮膚にあるといふ説

世に別れ去りたる人よ　目に見ゆる近き他界として空はあり

言の葉は心隠せりくちびるといふ蛭《ひる》のごときより洩れいでて

幼子のかがやくでこは空に照る星と仲らひよからむ　眠れ

寂しさと自由さいづれ　馬場あき子佐佐木幸綱ともに一人つ子

しほさゐを聴きつつ睡る二秒《ふたべう》に三メートル行く黒潮の水

霜月の天揺り出だすくれなゐは涵《ひた》す　涵りたき人に限りて

光

しもばしら雪寄草《ゆきよせさう》の名をもちて花のかがやく強き秋日に

妻夫《めを》のごと少し離れて憩ひをり石蕗《つは》の黄の辺の自転車二台

わが家の痛恨時なり三十歳の実生のしだれ桃の枯れたり

われもまた書きしことあれど読み耽る自筆年譜といふ怪《け》しきもの

わたくしをわたくし探さばその間のわたくし不在　梟が啼く

閉ぢこむる光のありと日ごと見る庭の沈丁花のみどりの花芽

微笑める百二十歳の牧水に夢で会ひたりまだ飲みてゐし

鶺鴒を驚かせたるのみなりき川までの道行きて帰りて

夜のふけをわれの矢的《やまと》に帰る道はるかに高き月とひきあふ

神の矢はするどかりけむ高千穂峰《たかちほのみね》より的となりたるこの地

群鳥よ

群鳥よ「我《わ》」よりも「我《あ》」とぞ歌ひたき心に渚歩いてゐるよ
頭なき鳥転がれり贄《にへ》となる生をちこちにありて生あり
海幸彦山幸彦の代《よ》は知らず空青くして青を撤かざる
赤ん坊のころのおのれの記憶なし海の青いかに眺めてゐても
次の世に逢ふ人あらむ衣通郎女《そとほしのいらつめ》のごとき寒の満月
熱燗に生姜紅茶に雑炊に身を温めて夢は見るなし
あかときの雨の冬田の泥にゐる鴉仏《ほとけ》を求めず黒し

美丈夫の陽

日向人うどんのごとしと言はれたり地鶏《ぢどり》もをれば目光《めひかり》もをり

おひねりを持たず来たりぬ半玉のやうに下向き咲ける山茶花

草の上《へ》に足拍子とるをさなごの白き拈華に目をみはりけり

道に立ち三日月をがむ媼ありゆゑ知らざれどわれも倣ひつ

遊びぢやない止め刺さぬは残酷と何の話か奥より聞ゆ

くわんくわんと朝より啼ける鳥のあり喜悦といふは一日《ひとひ》あること

筑紫また肥後も薩摩も雪なるをわれの日向は美丈夫の陽《やう》

防ぎ得るものをリスクと言ふらしもリスクを超ゆる太陽の死《しに》

冬の日の真青の空の遊離魂われに降りくるはずなきに感ず

天保より人目守《まも》りしを舗装路となりて消えたる猿田彦いづこ

すかすかのまたふかぶかの過疎の里夜は炎えあがる月光の満つ

半　島――ロンドンの友へ

下枝より上枝はさらにひそやかに臘梅の黄日《きい》を浴びて咲く

満天星の芽のびつしりと出でくれど庭のしづけさつゆも変はらず

目に見えぬ光の檻にゐるごとくきさらぎの野に動かずに立つ

ヨーロッパはユーラシアのアルジャジーラ　アルジャジーラは半島の意味
一生を行かぬアウシュビッツなるかフランクルの書を幾度も読みて
行かずともアウシュビッツはわれわれの心の中に在ると言ふあり
くらぐらと貴種ならざるはなきさまに夕光《ゆふかげ》の満つ照葉樹林
ロンドンに結婚をして離婚せしわが教へ子の病めば帰郷す
砲発のごとくにきこえくる音のあれど吾妻はほほゑみ立てり
春近き畔に一人の童来てただそれだけに空の拡がる

たかはらの家

につぽんの寒行の冬あかねさす日向の田にも雪舞ひにけり

門口にかをり放ちて咲《ひら》きをり実を結ばざる雄《を》の沈丁花

地にありしれんげ畑のむらさきの色ひろがれるけふの夕空

友のごと照らしてくるる月なれど月は友なし明《あか》く照りつつ

定期的に出かけてゐる。

たかはらの老人ホーム世の音を遮断して世の一切があり

おつぱいを女性職員に揉んでもらひ情をしのげる八十三歳なり

九十歳の女《をみな》らつどひ語りをり老後をいかに過さむかなど

コンドーム隠し外出する一人秘戯のためならず頻尿のため

納涼祭を納豆祭と読みちがふ豆腐を頭腐とあはれ書きちがふ

ぐしやぐしやにならず抵抗するB４原稿用紙鋏に切れり

「草花命《くさばないのち》、パチンコ命」（『柿喰ふ子規の俳句作法』）

パチンコが俳句に変はり稔典氏苦界を出でて句会に遊ぶ

清酒命、菓子命。

ネンテン氏好む甘納豆牧水の好物なりと知られてをりや

くさむらに落ちちらばれる苞ひそか猫柳の花真白き下に

顔 の 奥 に

祝祭はいづこにもあり赤き実をもちたるままに咲ける山茱萸

雨師の子のやうにずぶ濡れに立ち尽し畔の幼子まだ泣かずをり

黄熟の実を踏まずには歩き得ぬ栴檀の下をひとり歩きぬ

暗き灯に甘酒飲みし日の去れど雛《ひひな》の顔の奥に娘《こ》らゐる

三人の娘出てゆきし家の雛ゆきそびれたるむすめのごとし

高校生の男女連れだつ後を追ふ夕陽のあかし春の畔道

内の面《も》の紫斑うすれて花終る庭の貝母に降る雨見をり

爛漫の春

日向灘の底より火山噴き上げし岩ぞ緑の尾鈴の山は

牧水を美男と言へる女性なり尾鈴の山の山ざくら見つつ

若ければ渡る浮橋老いてこそ渡る浮橋　さくらかがよふ

立ちどまりまなこ閉ぢればよく聞ゆふぶく桜の緊那羅《きんなら》の楽

おどろしき事件も桜もニュースなり天醜爛漫の春となりたり

テレビでうるさいほど開花予測。

世を欺く「天醜爛漫」三四郎に広田先生言ひし言葉なり

三四郎は熊本、牧水は宮崎。

東京の電車のちんちん鳴るに驚きし小川三四郎はるか

月照らす森のさくらの不夜城に近づくをせず遠くおもへり

北の緑

秋田へ。

消えたしや消えたくなしやさみどりの八幡平に残れる雪は

いつの日か身も心《しん》も吹雪かれに来む五月なほ雪の真白の回廊

世に生くる人持ちがたき十和田湖の十五メートルの透明度憎し

牧水が由由しかりけりと驚きし秋田美人に探さず出会ふ

沿道に立ちて媼の売りをれば婆箆《ばばへら》アイスと地《ぢ》の人言へり

夫おきて入道崎の崖をひとり降りゆく妻はわれの妻なり

鯛香味焼あはび酒蒸しよろしけれ負けず劣らずいぶりがつこも

長野へ。

笑へるも怒れるもありよく見れば貌もちて立つ白樺の幹

十代のわが出発の「白樺派」あはれ白樺知らずに読みき

気味悪き人とふものの一人とし原生林を傘さし歩む

かがまねば見えざる小《ち》さく白き花妻取草《つまとりさう》と教へられたり

牧水が原始の声とかなしみしほととぎす聴く八千穂の森に

月光線

ぬばたまの月の夜ひとのすがたして道歩むなりわれは人なれば

日光線あれば月光線なきか夜いつまでもどこにも着かぬ

間違ひか幾十年の過去よりも今日の一日《ひとひ》を長く思ふは

かがやきを見つめゐたれどたまきはる内は知らざる空の青なり

一九八〇年六月。

火遠理命《はをりのみこと》還り来ましし青島を拉致の場とせし工作員ら

海境の青にかがやくしろがねの五月の光感情なしや

岩手より北は知れれど東京より南知らざりし啄木の生

近代の行路死者の歌として今夜読むなり『悲しき玩具』

わが死後のこととはいへどアメリカの世紀終るか二十二世紀は

みづからが大量破壊兵器なる一人の男　血の色垂らす

敗兵のごとしと見れどかく見つるわれ関りなしこの蝸牛には

兵役を経ずに六十代になりたりとゴミの袋を出しつつ思ふ

夕ぐれといへど娘と狼を読みちがへたる老視いましむ

悲しみをそのままに笑ふ憂《いう》モアの人のごとしよ今日の照り雨

六十二歳《ろくじふに》の健康なるわれ考ふる足もて月の夜を散歩せり

言　葉

デイケアの迎へのバスに護送されゆく老人ら顔は見えざる

緑玉を胸に飾れる九十五歳　常少女《とこをとめ》とぞみづからを言ふ

初めての恋に悩める職員の相談を受く認知症なれど

葉の見えぬまでに山帽子咲きにけり誰《た》が振り切りし袖の白さか

「ろうしつ」の文字を聞かれぬ老疾か漏失かまた牢室なるか

生殺は介護者の手に委ねられ空を見るなきベッドなる人

三段の記事なれど介護殺人という言葉にも人おどろかず

月の暦

内福の人と思へりプルリングゆつくりと起し語らふさまは

一説に皆《みな》見《み》る南とふ語源　月桃は見る人なしに咲《ひら》けり

『ローマの哲人セネカの言葉』を読む。

真実は「誰かに起りうることは誰にも起りうる」と簡なり

いのちなき石がいのちあるわれを載すわが亡き後も長く在る石

月齢十三・九—新暦六月十日。

やや欠けて上りきたまふ十五夜の月に遭ひたり五月《さつき》の隠岐に

人生は失ふたびに得るもののありと時鳥啼かねど　思ふ

テポドンとデコポンの語を間違へし霧深き老い責めてはならず

夜の林過ぎつつ思ふまだ早きか「眠れる美女」の家の客には

額《ひたひ》に火燃えてますよと言はれたり何の火かわれ教へざりけり

体温の低き学生ふえゆくも議論の　つ　恋成り立つや

絵文字なきメールは感情分らずと言ひし若きに手紙書きやる

牛をまね啼きし啄木のすなほなるかなしみの声　そののちの寂《じやく》

「ボディトーク」の増田明氏に牛の啼き方を教へられたことがある。

口あけず啼けばンムウの声いよよ身のくまぐまに響きとほれり

啄木は頬ふくらませ口閉ぢて啼きたるはずとわれ結論す

猿田彦運び去られし道の辺のほのぼのと照る無《む》を拝みたり

一九四三年九月十二日。

月あかり浴びて立ちゐつ旧暦の八月十三夜がわが誕生日

今年は十月四日。

旧暦の誕生日つねに十三夜の月の明るく照るはたのしも

母が教へてくれたといふ。新暦では四月七日。

旧暦の雛の祭りに生れしを妻幼きより知りて育ちぬ

意識せぬ者に死は無し実の青きえごの木の枝の恋のくまぜみ

あかねさす日向うちひさす宮崎の影くろぐろとして立派なり

みどりご

世に出でてまだ一時間の男の子乳首を立たせしづかに眠る

四十五億年の月の照れる夜を人のねむりのはじめのねむり

見よ見よと手足動かす三千グラム言はれなくともわれらは見るを

顔しかめ時に翁のかほをするこれのいのちはどこより来たる

似よる人いくたりもゐるみどりごのかほ　亡き人もひつそりとをり

胎中に聞きし音とてざわざわとビニール鳴らせばあはれ眠りぬ

生れきて息してゐるを〇歳《ゼロ》と言ふは失礼　数へなら一歳《ひとつ》

一滴

あらたへの藤の字をもつ伊藤にて伝右衛門をりき燁子は捨てき

人知らぬくさめ阿呆の夜にしてめがねをはづし次を待つなり

要介護七八〇万人の見込みらし生きてしあらばわれもその一人

二〇二五年。

バス停にスクワットしてゐる媼おそろしく長く元気に生きむ

軍艦のやうな女と戦闘機のやうな女の間にゐたり

被疑者は女性と言はず女《をんな》と呼ぶテレビ「女」は差別さるるなり

悔い深き酒を飲みをり「真実は劇薬、うそは常備薬」にて

しやつくりの長くとまらぬ学生の相談事より悲ししやつくり

同情し敗戦処理と言ふがあり「処理」せぬことがカウンセリング

対決をせぬカウンセリング甘きなり先づ自分との対決にして

笑ふこと忘れてゐたと笑はずにつぶやく人と夜道をあるく

万斛の涙の中の一滴をうくるごとくに目ぐすりをさす

たゆたふ

右の手と左の手かさねあはすれば女男《めを》のごとくに息づきあへり

凶変の世界を知らず臘梅の黄葉《もみぢ》をのせてゐるたなごころ

何思ひ何切りゐるか夜に入らむ庭より妻の鋸引く音す

全身をうつす鏡にうつりゐる人を見てをりわが知らぬわれ

銀杏に苦きありたり「品格」の語のたちまちに流行る非「品格」

この世にて最《もと》も会ひたくなき一人訪ねし夢のわれをにくめり

青年が垂直ならば老年は水平　は嘘　老年の崖

わが娘働くといへど六本木ヒルズにいまだ行くことをせず

雨の後つやめきてをり喜捨せずに生くるものなき照葉樹林

天雲のたゆたふままにたゆたへば心いつしか雲南に行く

瀬 の 音

言問はぬ冬田の上にひつじ雲また言問はずひろがりゐたり

南より北に広がるひつじらのすきますきまに空の青の子

満月の光に焚かれ妻あゆむ川すぢの道　われは後《おく》れて

波羅蜜に遠く生きゐるうつし身は風の音《ね》すらも盗み聞きする

上代橋《じやうだいばし》と覚え親しみ来たれるにこの小さき橋上代橋《うはだいばし》らし

復《を》ち返りながれゆく水ゆふばえて何事もなし何事もあるな

記憶なき赤子の〈われ〉に秘密みなひそみてをりと知るは幸《さいはひ》や

旧友の一人のみならず　増えきたる裏ハムレットのドン・キホーテ

パジャマ着てリュック背負へるこの子供いづこに行くか平然として

苦しみつつ揺らげる心あたたかき蓮根餅にしづまるふしぎ

旧暦の正月。

芽ふくらむ楊柳《やなぎ》を飾り削りたる楊柳の箸を妻とつかひつ

静寂のきはまれるとき耳の中よりきこえくるみづからの音

毎月訪問の介護老人保健施設。

一人だけ笑はぬもよし流流に老いたる人らつどふ歌会

お通夜に使ふ座蒲団子らのため用意したりと媼安けし

歩むこと人の始まり　歩まぬは終りにあらずベッド人あり

瀬の音のかすかにきこゆ老人が老人に愛をささやくやうに

母を看るため離婚してふるさとに帰り来しとふ人の夫思ふ

光年をとびこえてくる父なれば誰よりも近し冬の星夜は

「こころの科学」特集号で父北杜夫氏について由香さん。

双極性障害を世に広めたる父と明るく愛もて語る

夕映えの赤たつぷりと深く濃し深呼吸するはあやふきまでに

寒の夜半《よは》交尾を終へてやすらへるかたちにしづむ上弦の月

くろぐろと焼かれし畑に滅びたるものらと会はむ滅びばわれも

空のかほ日日にあたらし珍《うづ》のもの持たざるひとりひとりのために

後記

本書は私の第十歌集である。二〇〇四年夏から二〇〇七年春までの時期の作品で、自選した三八六首をほぼ制作順に収めた。雑誌初出の時の表現と構成に若干手を加えたところがある。

この三年間、私の生活は前歌集『新月の蜜』の時期と大きくは変っていない。大学でカウンセリング等の講義と演習を行い、またスクールカウンセラーとして宮崎市内の中学校と小学校に毎週出かけた。その中で最も痛感したのは、自己受容ができずに苦しみ悩んでいる者が増えてきていることである。一方、介護老人保健施設等への毎月の訪問歌会をボランティアの仲間と相変らず続けている。老いをどう受容するかの高齢者の時々の切実な問いかけの声は私に導きを与えてくれているように思う。

歌集名は次の一首によった。

梅の林過ぎてあふげば新生児微笑のごとき春の空あり

まだ春浅い日の空の表情を歌った一首である。新生児微笑の場合、赤ちゃんは笑ったような表情を見せるだけで実際は笑っていないと専門家は言う。この時の空の微笑も私の勝手な思い入れだったろう。だが、そんな「錯覚」をした自分に一方で満足もした。

本書には、空の歌が数多い。それゆえに書名に「微笑の空」を選んだということがある。私の暮らす宮崎の空は広く、大きく、いつもなぜかなつかしい。毎日眺めていて、その豊かな刻々の表情は見倦きることがない。

私にとっては記念となる十番目の歌集を角川書店から出版していただけることを嬉しく思っている。角川書店の『短歌』にこれまで作品発表の場を与えられたことが励みになってきたからである。タイトルにした「微笑の空」の一連も『短歌』誌上に発表した作である。

「心の花」の佐佐木幸綱編集長、また仲間の会員から、作品の進むべき方向について示唆と刺激をいつも受けていることを感謝している。

角川学芸出版の青木誠一郎社長、『短歌』編集長の杉岡中氏、山口十八良氏に心から御礼を申し上げる。

二〇〇七年八月

伊藤一彦

歌論・エッセイ

真白の宇宙

　ちょうど一年前の一月三十一日だ。暮れかかる日本海を左手に眺めながら、羽越本線を特急白鳥号で北上していた。私は山形県の黒川に行こうとしていた。

「南国生まれの伊藤さんに本物の雪を見せたいね。それも年取ってからでなく、雪に対抗する力のある今のうちに行かなくちゃ」

　馬場あき子さんから以前にそう言葉をかけられていた。学生時代の東京で多少の雪の経験はある。しかし、雪国の雪は確かに知らない私である。

　馬場さんは月山《がっさん》の麓にある櫛引町の黒川に二十年以上通っている。数百年の歴史を持つ農民芸能「黒川能」とその能を大切に続け、守っている人たちを愛してである。二月一日の未明から翌二日の日没まで、二日間にわたって行われる黒川の春日神社の大祭は王祇祭《おうぎさい》と呼ばれ、そのときに能と狂言が夜どおし演じられるのである。

　馬場さんの有り難い誘いを受けて、去年思いきって冬のみちのくに出かけることにしたのである。東京駅で馬場さんたちと待ち合わせをし、上越新幹線で新潟に出て、そこで青森行きの白鳥号に乗りかえた。吹雪の日本海を私に見せたいという馬場さんの心づかいで選ばれたコースだったが、その日は残念ながら雪は降っていなかった。

　しかし、下車予定の鶴岡が近づくにつれ、雪が降り始めた。そして、降り立った鶴岡駅は見事な一面の雪景色だった。そこから迎えの車で黒川に向かった。

　天も地もあはひの闇もましろなる黒川の夕雪《ゆふ》
待つさらに

ぞろぞろとまたぞろぞろと降りてくる雪を無
心と誰言ひにける

こんな歌を私は作った。雪が生きている、と言えば失笑を買いそうだが、私の実感はそうだった。馬場さんが「目も眩むようなまんじどもえの雪」あっての黒川能だ、と書いていたあの雪だった。

それからの四日間、私はいわば雪三昧《ゆきざんまい》の日を過ごした。雪の中を王祇様と歩み、雪の荘厳する能に心を熱くし、雪見酒に酔い痴れた。

南国ゆ来たる男の頬打ちて愉しむ雪よ待ちく
れたりや
胸底のみんなみの息残りなく吐きつつあゆむ
暁《あけ》の雪中

頬を痛いほど打つ激しい雪も自分を歓迎してくれているように思えた。体内に残っていた九州の空気はすべて吐き出して自分が生まれ変わるようにさえ思えた。

雪隠す雪もたちまち隠さるるふぶく蔵王の真
白の宇宙
ゆたかにも降りてふぶきて積もりゆく頂《いただき》雪の
墓場にあらず

最後の一日は蔵王にロープウェイで登った。零下数度の頂上の「真白の宇宙」に目をみはった。本物の雪に出会えたと思った。しかし、寒いし、見えないと言えば何も見えない。私たち数名の一行は十分もたたぬうちにロープウェイの駅に帰ろうとした。その時に「もっと奥の方に行ってみようよ」と言った者がいた。馬場あき子さんである。私は負けたと思った。

雪鬼の息づき待たむ誰行かぬ吹雪の奥に馬場
あき子消ゆ

旅の歌をめぐって

第七歌集『日の鬼の棲む』を昨年の秋に出版した。私にとっては旅を中心にした初めての歌集だった。もともと私は農耕民タイプだし、他に旅をしてもその土地を積極的に歌うことをこれまではしなかった。しかし、この数年は敢えて旅の歌に挑戦し、それらの歌を中心に置いてまとめたのが今度の歌集なのである。

すでに幾つか批評文が出ているが、「短歌研究」五月号では小池光、大塚寅彦、河路由佳の三氏が座談のかたちで批評してくれている。私より若いこの三氏の言葉が改めて自作について考えるきっかけを与えてくれた。

歌集冒頭に、雪の山形県黒川村を歌った三十首を置いていた。

ぞろぞろとまたぞろぞろと降りてくる雪を無心と誰言ひにける
胸底のみんなみの息残りなく吐きつつあゆむ暁《あけ》の雪中

例えば二首目について河路さんは「自分の体の中は全部、南のものだというアイデンティティが非常にはっきりしている。アイデンティティが不安定なら他を受け入れることも難しいわけで、ゆらぎのないアイデンティティの持ち主はかえって他を受け入れることができます」と言っている。嬉しい言葉だが、私はそれほど宮崎にアイデンティティを感じているか。すかさず小池さんが応じている。「この歌は、格好よすぎませんか?」。そして「この南というのは現実に居住、生活している場所じゃなくて、心の中の問題だから」と続けて言っている。

じつは私は東京の大学を卒業して、自分の意志で故郷に帰りながら、そのことを恥ずかしく思う気持ちがあった。大志を抱いているのであればそのまま東京で就職すべきではないか、と。現に私の優秀な友人たちは誰ひとり故郷に就職しようという者はなかった。やむを得ぬ事情があるふりをして私は帰郷した。帰った後は、故郷を離れて生きられない弱い人間なんだという思いを持ち続けることになった。そして、いざ帰ってみれば故郷ゆえに疎《うと》ましいことも少なくなかった。

『日の鬼の棲む』の後記に「私は他郷の中に故郷を見出そうとし、故郷の中に他郷を見出そうとしていたのかも知れない」と書き記した。先ほどの「みんなみの息残りなく吐き」の歌は、自分が北の人間にメタモルフォーゼ、つまり変身したい願望を歌ったのかも知れないと思う。もっとも、南へのこだわりを一時といえど捨てようとしたこのような歌自体が十分に南へのこだわりを示しているのかも知れない。私にとっての南、或いは故郷とは何だろう。

　雪鬼は棲まずといへど日の鬼のかんかんとゐる空真青《まさを》なり

歌集のタイトルにした、宮崎を歌っている作である。北ではない、だから雪鬼はいない、しかし照りつける太陽という日の鬼がいる……。大塚さんは「日の鬼の棲む国の住人であることを最終的には肯定する。あの意味で自分の考えや生き方が正しいことを知るために出かけた旅」とこの歌に触れて言っている。そうなのか、私の旅はそう見えているのか、と思う。そんなに自分はゆらぎのない自信をもって安定して生きているだろうか。小池さんの言うように、私の歌が「格好よすぎ」るからいけないのか。その小池さんが「主張したいことがしっかり埋まっている」と言ってくれた歌。

　微恙《びやう》にて人は死なむか微言にて人は生きむか柘榴笑ふな

私は南とか北とかでなく、言葉こそを故郷として生きているのかも知れない。

歌びとの島

数日前に種子島に行ってきた。鉄砲伝来や宇宙センターで知られるこの南の島を訪れたのは私は初めてである。西之表市の五つの小中学校の生徒の保護者に家庭教育について市民会館で話をすることが目的だった。夜は地元の四十人の父親、母親、教師達と新鮮な魚を食べながら焼酎を飲んだ。昼の講演会も夜の懇親会も父親の出席が多かったが、学校のPTAの役員には女性を何名以上にすると決めておかないと男性ばかりになるという話を或る父親がしてくれて面白かった。いろいろな意味で男社会が生きているところなのだろうか。種子島には以前から関心を持っていた。今度の私の種子島行きも同行してくれた鹿児島県始良の友人の川涯利雄《かわぎわとしお》さんによれば、「種子島に遊べる者の、もっとも奇なる感動を起こすは、和歌の盛んに行はるることなり、老いも少きも、婦女子も、文学を知ると知らざると殆ど歌詠まぬはなし」と或る本に書かれているそうだが、行ってみて私も「奇なる感動」を味わった。少なくとも十六世紀から歌会の伝統を持つこの島で、例えば短歌を大きく彫って供養してある墓をいくつか見た。最近建てられた新しい墓である。葬儀も短歌朗詠から始まることが多いと聞いた。

歌詠みの島と言われるこの種子島で、戦後生まれるべくして生まれたのが「熊毛《くまげ》文学」だった。ガリを切って百号以上出し続けたのが長谷草夢である。「かくの如ヨナベヒルナベ我がすれば熊毛文学は無造作に出る」と草夢は歌っている。

この小《ち》さき町を世界と竟《つひ》にして落ちつかむとは誰《たれ》か思ひし

人間が「人間」を考へそめし日に世の悲しみは始まりぬらし

地《ぢ》芭蕉の簇生《そうせい》したるところより涼々《りやうりやう》と夜更け水の音聞ゆ

草夢の歌集『水鶏』から引いてみた。草夢の死は昭和五十七年一月十九日、その翌年に出版された遺歌集である。旧制高校の教授の資格を独学によって検定で取った秀でた才能の草夢だが、生涯のほとんどを故郷で過ごしている。「竟にして落ちつ」いてしまった種子島とは草夢にとってどんな場所だったのだろうか。そのいわば「地芭蕉」の「悲しみ」の源をいずれ探ってみたいと思っている。

いつとても目路の彼方に絶海の在る宿命に響《とよ》むか波も

種子島の海を歌った作品ではない。天草の海を歌った安永蕗子さんの歌集『緋の鳥』の中の一首である。種子島に行くバッグの中にひそませて、たまたま手もとに届いたのを持って行ったのである。島の人達と焼酎をしたたか飲み、その後に明るい月の照らす美浜海岸を一時間ほど歩いて、ホテルに帰り、何かしら目の冴えるままにベッドの上で繙いているうちに出会った一首である。まるで草夢のために歌ったような作ではないか。天草の海も西之表の海も同じ東シナ海の波濤。

熊本に生まれ育って熊本にずっと暮らす安永さんの父は、言うまでもなく安永信一郎である。大正時代から「水甕」で活躍したが、じつは長谷草夢も「水甕」の歌人だった。年齢は草夢が二十歳ほど下の後輩である。『緋の鳥』を持って行ったのも縁だったか。

　　襤褸着てはた脱ぎ捨てて一丈の水吸ひあぐる
　　老いても芭蕉

『緋の鳥』のこの安永作品も、さきほどの「地芭蕉」の歌を思い起こせば、草夢に呼応しているような一首だ。

翌日、花を買って長谷草夢の墓に川涯さんと詣でた。その草夢の墓は鉄砲伝来にちなむ悲話のヒロイン若狭の墓の近くにあった。鉄砲作りを命じられた刀鍛冶の父のために、鉄砲の製作技術を教えてもらう代償としてポルトガル人に嫁いだ娘である。

　　寸断し四分五裂して古里はなくなりゆかむ白
　　き冬波

その若狭の名をつけた公園も訪ね、丘の上から海を眺めながらふるさとにいてふるさとが「寸断し四分五裂して」なくなるという草夢の悲しみに満ちた歌を思っていた。

屋久島の原生林

鹿児島県の屋久島で「世界自然遺産会議」が開かれたという記事が先日新聞に出ていた。世界自然遺産をもつアジア太平洋地域十四ヵ国の二十自治体が、自然と共生した地域づくりについて話し合うという。世界自然遺産の保全の在り方を探る国際会議は初めてとのこと。記事を読みながら、ちょうど二年前の五月に屋久島を訪れたことを思い出した。

鹿児島空港から屋久島に飛んだ。小さな飛行機で小さな空港に着いた。三人連れの私たちはまず志戸子ガジュマル園に行った。杉が有名な屋久島だが、もちろん熱帯植物が豊富に繁っており、ジャングルの中を行くように歩いた。

ガジュマルとアカホの蔓に巻かれつつ絞殺木の椨《たぶ》ふてぶてし

案内の人が絞殺木という言葉を教えてくれた。大きなタブの木がガジュマルとアコウの太い蔓にまさに絞め殺されんばかりに巻かれている。このタブはやがて枯れるのだという。枯れることが分かっていてなお凜《りん》として立つタブは王者の貫祿だった。

それから神社も訪ねた。山幸彦を祭っているというその神社の名は救荒《やく》神社。文字を見て思った。荒れを救うところが屋久《やく》島なのだ。この島は他から入ってきた人が多く、したがって土地が狭いわりには多くの方言が入りまじって使われているそうだ。現在も外国人も含めて移り住む人が多いとのことである。まさに心の荒れを救ってくれると思える自然の島なのである。

そして、目あての原生林を歩いた。雨と霧の中。だが、かえってそれがよかった。緑がけぶって幻想的な美しさの中を雨合羽を着てゆっくりと進んでいった。

古杉の幹に姫しやらの太き枝食ひ入れるなり
森のたたかひ

相犯す樹と樹見て立つ現し身の胸の中まで雨
濡らしくる

鬱深き者を入れしめ鬱払ふ森のみどりの時に
憎しも

樹と人のさかひまぎれむ森に入りわれはにん
げんの飢渇に歩む

人のある必要少しもなき樹樹ら人をいこはす
死のしづけさに

いつもは作品の中々できない私がこの時は心につぎつぎと言葉が浮かんできた。原生林に圧倒されながら、である。よく自然から慰められるという。しかし、屋久島の屋久杉などの原生林の樹木は慰めるどころか、当方を脅迫もしくは無視しているようにも思えた。「人間のおまえさんたちよ、どうしてここに来るんだい。目ざわりだから帰んな」と言っているように思えた。

屋久島に住む市川聡さんの「屋久杉の森」の文章を思い出した。季刊「仏教」の特集「森の哲学」に載っていた文章で、要約するとこんなことが書いてあった。屋久島の山岳部は植物の生育に恵まれた条件ではない。雨が非常に多く、この大量の雨のために浸食量が風化量を上回り、土壌の発達が悪く岩盤がむき出しになりやすい等。では、そんな厳しい条件でどうして巨木の杉が育つか。厳しい条件なので生長速度が遅い。だから材が緻密になり、強度が強いのであると。

私は生育条件が良いので巨木が育つのかと思っていたら逆だった。こういう文を読むと、人間の社会と文明は、ことに現代は「成長速度」を早めすぎているのではないかと反省する。そのぶん私たちは弱く、倒れやすくなっているのに違いない。救荒《やく》とは厳しい条件の中で育った屋久杉の荒々しい生命力が私たちに真の生き方を考えさせてくれる、その意味で救済の希望を与えてくれるところという意味だと思った。

山幸彦の末裔

小学校の時に、或る先生が言われたのをよく覚えている。先生は言った。

「最初の天皇である神武天皇は宮崎の生まれです。神武天皇は宮崎の美々津の港を出て中央の大和に向かったのですが、港を出る時に頭の良い男と美しい女はみんな船に乗せて行きました。分かりますか。残りが私たちの祖先ですよ。ハハハハ……」

つられて私たちもハハハハと笑った。明るい笑いだった。宮崎県民をばかにした話なのだが、素直に楽しく笑った。周りに頭の良い男と美しい女があふれていて、そんな神話による言い伝えなど問題にしないという自信あっての笑いではなかった。その時の雰囲気を思い起こして独断的に言えば、別に頭の良い男や美しい女でなくてもよいではないか、という大らかな笑いだったように思う。

そういう受け取りをする宮崎人の精神傾向の功罪（！）については読者の皆さんに考えていただくとして、宮崎はともかく神話の国である。小学生のころからさまざまの神話を聞いて育った。例えば私は宮崎市の橘通に生まれ、橘橋や小戸橋のかかる大淀川に親しんで育ったが、イザナギノミコトが黄泉の国から帰ってきて禊ぎをしたのはこの川だと大人から聞かされた。今は遊泳禁止になっているこの川で私たちが小さい時はよく泳いだ。いつもミソギをしている気分だった。

宮崎は祭りも多い。今年の一月十五日は、青島神社の裸まいりに行ってきた。寒風を突き、青島の海に入って身を清める行事である。残念ながら私は日ごろ心身を鍛えていないので見物するだけである。もっとも、見物するだけで身も心も引きしまってくる。

青島神社はヒコホホデミノミコト、いわゆる山幸彦を祭っている。神武天皇の祖父にあたる。その山幸彦が釣り鉤《ばり》を探しに行ったワタツミの宮から突然帰ってきたので、日向の人たちは衣類を身につける暇もなく裸で海に飛び込んで迎えた。それが裸まいりの由来。わが祖先、なかなかいいではないか。恰好などは問題とせず、迎える真心だけは持ってすっぽんぽんで海に飛びこんだのだ。いや、裸体の方が美しく、山幸彦もかえって喜んだのではないか。二十世紀の日向の子孫の一人である私はかく考える。

ひもろぎを先頭に立て肌白く入りゆけるなり
寒の青潮に
泣きわめく幼子を肩車してしだいに深く身し
づむる男
海しづかなれるに男ら入りゆけば大波おそふ
白き秀《ほ》立てて
諸声《もろごゑ》はよろこびかはたかなしみか海の一団叫《おら》
びやまざる

こんな歌を詠んだ。神社の前の鬼の洗濯岩を越えて海に入った人は百数十名だったろうか。見物の私たちは激励の声援を送った。

やがて肌をあかく染め身と心を清めた人たちは海から上がってきて、ふたたび神社の前に整列した。その時に一人の青年が名を呼ばれて皆の前に立った。この日が成人式の二十歳の若者である。全員で祝福の拍手を送った。


街上は晴着の男女多からむ裸の青年《にせ》の恋実れかし

その青年に捧げるつもりで詠んだわが一首。神武天皇に蹤いて行かなかった者の末裔にも頼もしい男がいるのだ。

詩人になる

「先生、読んで」

定時制と通信制の課程を持つ単位制高校の一角にある私の相談室に生徒がいろいろな悩みをもって訪ねてくる。人間関係のこと、性格のこと、将来の進路のこと、家庭のこと……。

来室が一回きりの生徒もいる。一度訪ねてきてそれからいわば常連になる者もいる。悩んでいるときは毎日のように来て、悩みが消えると姿を見せなくなり、また悩みができると頻繁に訪ねてくる春の嵐のようなタイプもいる。

悩みをかかえたそんな生徒たちは、ほとんどが日記や詩をひそかに書いている。定時制や通信制に通っている十代の生徒たちは、小中学校でいじめにあうなど人間関係に傷ついて不登校の経験を持つ者が少なくないが、つらい気持ちを人知れずノートに綴ることで何とか自分を支えてきたのだ。

だから、相談室に訪れた生徒に、一通り話を聴いた後で「詩とか日記とか書いてない？」とたずねてみると、「うん、書いてる」という言葉がたいていかえってくる。

「今度持ってきて見せてよ」

「はずかしいな」

「君の気持ちを知るのに読みたいな」

「はずかしいけど、じゃこの次持ってこようか」

生徒はじつは誰かに読んでもらいたい、自分の苦しい心をわかってもらいたいと思っているのである。ほとんどの生徒が中学校時代の作品から持ってきてくれる。

友達が大事で自分のことよりも友達のことを真
　っ先に考える私
いつもいつもなやめばなやむほど裏切られるの
　に
わかってても友達がこまってたら、私のことた
　よってきたら助けてあげたくなる
いつもいつもバカを見るのは私なのに
いつもいつも最後に泣くのは私なのに
友達に対するやさしさ、そんなの捨ててもいい
　って何度も何度も思った
でも私からそれを取ったら何のとりえもなくな
　っちゃう

十六歳の或る女子の生徒の作品である。詩とは言えないという人があるだろうか。かりにこの作品が詩でなくても、この生徒は詩人と言えないだろうか。大岡信さんの「この気持ちを表現するにはどういうことばがあってもたりない、と思うほどのできごとが生じたとします。苦闘してやっと自分の気持ちに近いことばを見つけることができたとすれば、そのとき、その子はたしかに詩人になっているわけです」（『日本語の豊かな使い手になるために』）との言葉を私は信じている。

その大岡さんの最新詩集『光のとりで』の中の「だれに絵が」の一篇を私は気に入って、相談室にいま掲げている。次のような詩だ。

だれに絵が
描《か》けないことがあらうか

三歳の童女にも
海で暮らす猫の親子が描ける
踊つてゐる森が描ける
かあちやんのほくろが描ける

だがこの童女が
紙に夢中で描いてゐるのは
水すましが水の面《おもて》にかく絵と同じ
クレヨンの　無数の線の　のたくりにすぎぬ

それでも　絵は
もうそこに発生してゐる

すべての画家も　彫刻家も
そこから出発したのだ

だれに絵が
描けないことがあらうか

もっと早くに

　春は異動の季節でもある。この四月に新しい職場や新しい学校に通うようになった皆さんは順調にスタートしているだろうか。じつは、かく言う私もこの四月に職場を変わった。それも三十二年勤めた高校の現場を離れることになった。県の或る機関で教育相談を担当することになったからである。

　高校の専任カウンセラーの仕事をこの十年ほどは担当していたので、仕事の内容としては継続と言える。そして、少年たちのいくつかの事件を契機としてという不幸なかたちではあるが、教育の根本が問われているいま、教育相談の仕事は大きな意味を持つと思うので、取り組み甲斐がある。ただ、生徒たちの元気で賑やかな声が聞こえない職場の寂しさに慣れるにはもう少し時間がかかりそうであるが。

　私が三月まで勤めていたのは単位制高校だった。三年間という短い勤務ながら、忘れ得ない多くの生徒に出会った。いや、忘れ得ない生徒ばかりだったと言うのが正しい。私はとくに定時制課程の夜間部の生徒と深く関わったのだが、多くの者が小・中学生時代に家庭や学校でどれほど苛酷な体験をしてきたか、話を聞けば聞くほど、「よく生きていたね」「よく学校に来る気になってくれたね」と心の中で呟かずにはいられないことも二度や三度ではなかった。

ぬばたまの夜の学校を無何有《むかう》とし学ぶ一人に
われが救はる

解き方より悩みの深き悩み方知りしとふここ
相談室に

暁《あけ》までのホストのバイト励みつつ少年の夢は
馬の調教師

拒食過食繰り返しこし青年の皮膚たるめりと
腕や腹見す

こんな歌を以前作った。昼間の仕事を終えた後に、夜間部をユートピアのごとく思い夕方から元気に登校する生徒たちにむしろ自分の方が励まされた。私の相談室をたくさんの生徒が訪れてくれた。

学校では春休み中に離任式がある。しかし夜間部の場合、休み中の登校日がなく、私は生徒たちに別れを言えずに職場を去ることになった。ところが、うれしいことに、何人か別れに来てくれた。卒業生も来てくれた。

夜間部中退生もひとり来てくれた。学校に行っても、もしかして会えないかも知れないと思って手紙まで書いて。目の前で読んでいいと彼女が言ったので読んだ、「先生が学校からいなくなると聞きました。さみしいです。学校に行けば先生はいつもニコ×2して色んな話し聞いてくれたのに。ざんねんです。今度から何処に会いに行けばいいのですか。せっかく詩もいっぱい持って行こうと思ってたのに」と書き出してあった。そして、手紙の中に詩が一篇書かれていた。

もっと早くに出会いたかった
そんな人がいます
もっと早くに出会っていれば　私の人生
大きくきっと良い方向に向いただろう
そんな人がいます
これも時のいたずらか
それとも　運なのか
神様は　いつでも人間に
少し　いじわるだね

私は顔は「ニコ×2」しながら、心の中は複雑だった。手紙の途中に「いとう先生に会って、他の先生を見る目も学校を見る目もほんの少し変わりました。ありがとうございました」と書いてあったが、彼女の中退をついに私がどうにもできなかったからである。にもかかわらず、手紙の最後の一行には「オーエンしてます。いとう先生、ファイト！」と書いてあった。オーエンにこたえなければと思う。

マンガで表現

教育相談の仕事を担当するようになって十四年目の春を迎えた。二つの高校でカウンセラーをした後、今は県のある相談機関で悩みをもつ子どもや保護者の話を毎日聴いている。悩みの解決を援助できたら嬉しいが、そう簡単にはいかない。そもそも簡単に解決できないからわざわざ重い足を運んでみえるのである。

子どもの抱えている課題がスムーズに解決された場合を考えてみると、保護者が一方的な説教をやめて子どもの気持ちを理解する態度に変わったとか、学校が子どものために細かい配慮と工夫をしたとかの原因がある。しかし、一番はやはり子ども本人が悩みをありのままに話したということであろう。そのことをもっと正確に言えば、子どもがありのままに話したい関係を私が作れたかどうかということである。受容・共感のカウンセリングを私がなしえたかということである。

子どもにとってカウンセリングは自分の心を開く場である。心を言い表す場である。人とまむかって話すことの苦手な子どもは特に大変な緊張と不安を強いられる。

以前、高校一年のある女子で、初めての面談のとき、ほとんど何も語らなかった生徒がいた。不登校ということで母親が連れてきたのである。本人は落ち着かない様子だ。今の学校が面白くないということをやっと言ったぐらいだった。沈黙の時間の多い面談だった。

さいわい二回目の面談に来てくれた。相変わらず話はほとんどしない。私の尋ねることに仕方なく答えるといった感じである。頭が痛いとしきりに言い、何もやる気がないという。「じゃあ、何もしていない?」と言うと、「マンガを読むぐらい」という。しばらくマンガを話題にした後で私が「自分でもかいたりはしないの?」と尋ねると、「かいてる」と答えた。そのときの表情がそれまでは違っていた。瞳が私を向いて力があった。それで私は「見せてくれたら嬉しいな。よかったら持ってきて」と言ったのだが、返事がなかった。

三回目の面談のときである。マンガのことは期待しないでいた。ところがである。面談が始まるとすぐに彼女はファイルを差し出した。それは「中学生日記—NHKではありません」と書かれたマンガ集だった。「嬉しいなあ。持ってきてくれたの。見てい い?」と言ったら、ウンとうなずいた。早速手にとって見てみると、四コマのマンガがたくさんかいてある。主人公は同じ女の子だ。そのうちの「シビア」と題した一つのマンガに私の目は止まった。友達同士でお互いに、あんたは一万円とか二万円とか言い合っているマンガだ。そして、主人公だけが特別に安い値段をつけられている。「中学時代にこんなつらいことがあったんだね」と私が言ったら、彼女は「楽しかったんです」と思わざる答えをした。何でも言い合える友達がいて中学時代はよかった、でも今は誰も友達がいない、と。それからである。彼女が少しずつ自分のことを話し始めたのは。

詳しい経過を省くが、やがて面談のときには近況をいつもマンガにかいてきて話してくれるようになった。ありのままの悩みが語られるようになった。その生徒は学校を中退したが、今度は別の高校に行って楽しく過ごすことができた。

好みの何でもよいから、自己表現の手段を持っていることは、精神的に支えられるだけでなく、他者に自分を理解してもらえるきっかけになる。若くして始めるのもいいだろうし、年をとってからでもいい。例えば七十八歳で両眼の視力を失い、八十代半ばで短歌を作り始めた曾宮一念さんのことを想う。

相聞の歌書きおれば腰曲げておらのことかと婆は喜ぶ

（『雲をよぶ』）

会う人の身装《みなり》善悪目鼻だち見えぬ眼《まなこ》は心明るし

なんのその

家の近くのN老人保健施設の短歌教室に毎月出かけるようになって四年がすぎた。きっかけは施設の一周年記念大会の講演に招かれてゆき、そこで生きがいを求めている高齢者、それも介護なしでは生活してゆけない人たちに多く出会ったことだった。

歌会の参加者は施設に入所している障害のある高齢者、その家族、職員、ボランティアの人たちである。参加人数は平均すると十数名だろうか。短歌はズブの素人ばかりだが、逆に言えばズブの素人が取りくんで楽しめるのが短歌だろう。

N老人保健施設で短歌会を続けているうちに、他の老人施設や在宅の高齢者も少しずつ参加してくるようになった。やがて他の老人保健施設との合同短歌会も実施されるようになった。もちろん、障害のある高齢者の移動は容易ではない。看護婦、介護士など何人も職員がついて車椅子でバスに乗せ歌会にむかうのである。その高齢者たちはうれしそうである。遠足のような気分らしい。歌会は痴呆のかなり進んだ高齢者もいる。しかし、熱心に耳を傾け、突然にこにこして拍手したりするのだ。

そのN老人保健施設が中心になって、五月に県内の「社会的援助を必要とする高齢者の短歌大会」を開いた。昨年に続いて第二回目である。第一回は『老いて歌おう』と題し、さいわいにも出版されたりした。

今年も「高齢者の部」と「家族・職員・ボランティアの部」にあわせて三百首近い応募があり、私が選を担当した。「高齢者の部」の入賞作品をいくつか紹介してみよう。

なんのその天があたえしこの病残れる機能リハに燃やさん　小野信夫

余生なほ痴呆の夫を守りゆかん卒寿の吾の生

き甲斐として　大浜アヤ

アトピーの孫の背なでてやることもできぬ萎
えし手握りて帰る　横山光子

年いって皆のやさしさ身にしみるご恩返しに
何していいの　原村フヂ

ハイテクの脚は出ぬかと思ひけり麻痺せる脚
をひとり撫でつつ　松本清六

説明は不要だろう。強調するとすれば、短歌を最近作りだしたが、ほとんど初めて短歌を作った人たちの作だということである。

大会の授賞式、それはじつに多くの車椅子がそろって感動的な光景だが、その場の講評の中で今年は『鶴見和子曼荼羅』の第八巻『歌の巻』の作品を紹介した。

片身《かたみ》麻痺の我とはなりて水俣の痛苦をわずか
身に引き受くる　鶴見和子

食事は病人にとりて大仕事　無事食べ終り大
吐息つく

自動車の運転もせぬ我にして車椅子が身の一
部となれる

萎《な》えし掌《て》につつじの蕾触れさせて燃えいづる
若き生命いただく

七十七歳で脳出血で倒れ、その後の闘病とリハビリを歌った作品である。率直で明るく、前向きの歌にこちらが励まされる。

『歌の巻』の栞にリハビリの専門医の上田敏教授の寄せている印象的な文も当日紹介した。「少なくとも鶴見さんの場合には『短歌療法』ともいうべき、作歌過程での自己洞察が、心理的コーピング・スキルズの獲得に大きく役立っている」。上田教授によれば、リハビリには障害による困難を困難でなくしていく技能の学習が大事であり、「それには同時に心の中にある障害とうまく折り合いをつけてそれに負けないようにしていく心の（あるいは魂の）技能（心理的コーピング・スキルズ）の獲得が必ず伴っていなければ

ならない」のだが、その点「鶴見さんは模範生とい
ってもいい患者さん」だったというのである。大会
当日の入賞者の人たちも心理的コーピング・スキル
ズを身につけているように思えた。手や足や目など
の不自由な受賞者たちの当日の老いの息吹はみずみ
ずしかった。

老いて歌おう

今日はことに明るくにぎやかな会だった。私は県内の老人保健施設に毎月一回「出前短歌教室」と称してボランティアグループと出かけていくのだが、西都市の今日の施設の高齢者は初心者を含めて出詠作品も多く楽しかった。ある女性が「花吹雪うぐいすの声たよりにす我行く先の恋のみちしるべ」という作を出していた。私が軽く冗談のつもりで「おばあちゃん、恋をしているんでしょう」と言ったら、そのおばあちゃん、真顔で「好きな人がおっとよ。でん、そん人がいま他に入院しちょって……」と告白(!)が始まった。一同「ほお」と驚いたことは言うまでもない。日ごろ口にしないことを短歌は表現させるものなのである。皆から激励と祝福を受けながら、おばあちゃんの顔が真剣そのものだったこ

とが忘れられない。

高齢者、ことに障害のある高齢者の短歌作りに私は大きな意義を感じている。「歌う」は「訴う」と同語源であると言われるように、歌うとは訴えることである。訴えるための手段はいろいろあるが、千三百年以上の歴史をもつ短歌は身近で親しみやすく、しかも手段のつもりが単に手段で終わらぬ面白さと豊かさをそなえたいわば心の器としてある。若い人は若い人で訴えずにいられない青春の悩みを抱えている。それと同様に、いや、ある意味では若い人以上に、高齢者は訴えずにいられない老齢の悩みを抱いている。高齢者の短歌がもっと盛んになってよいと思うゆえんである。

じつは昨年は障害のある高齢者の合同歌集『老いて歌おう』を編集して出版した。宮崎県の長寿社会推進機構に事務局になってもらい、九州の要介護・要支援の高齢者の短歌作品を募集したところ、九百五十一名の人から二千三百首以上が寄せられた。地元の宮崎県が最も多く三百八十一名というのは当然であるが、ついで多いのは熊本県の二百三十六名だった（熊本の高齢者は意欲的と感心した）。一人一首は掲載するという方針で本を作った。


なき君がめでしさつきのかへり花白きが悲し一つさきゐて　七條花子（一〇〇歳・宮崎県）

婆さんや寝たっきりかと七年を通りし猫も危うくなりぬ　横山光子（七九歳・宮崎県）

この年でボケるのは当り前と頑張ってボケる昨日も今日も　岩満朝子（八三歳・宮崎県）

いま一度会えるものなら亡き母に会いたしと思う母より老いて　山内恵美子（七二歳・熊本県）

シベリアの労苦に耐へし闘魂が入院三度の吾れを救へり　家入荘介（七五歳・熊本県）

我の強き人をなだめて湯浴みさするナースのわざやなみなみならず　高森ヒサ（八六歳・熊本県）

本の中から宮崎と熊本の六首を引いてみた。私の解説など何も要らないであろう。どの歌にもまぎれなく「訴え」がある。おそらくはどの高齢者も日ごろはあまり口にしたことのない思いではあるまいか。

今年も九州各地の高齢者の短歌を募集する。選者である私はどんな作品が寄せられるか、今から楽しみである。生まれて初めて作った作品でよいのだ。西都市の今日の恋するおばあちゃんにも、ぜひ恋の歌をと勧めて帰ってきたところである。

（エッセイ集『夢の階段』から十篇収録）

解説

森のかがやき

――『日の鬼の棲む』書評

日高堯子

天も地もあはひの闇もましろなる黒川の夕雪《ゆふ》
待つさらに
ぞろぞろとまたぞろぞろと降りてくる雪を無
心と誰言ひにける
南国ゆ来たる男の頬打ちて愉しむ雪よ待ちく
れたりや
言問へど応《いら》へなければ食ひにけり巨き樹氷の
身のひとところ

歌集『日の鬼の棲む』は、山形県黒川村の雪の王祇祭を訪ねる旅の歌からはじまっている。

一首目は巻頭歌だが、「天と地」「闇」「雪」などというスケールの大きいことばによって開かれる黒白二彩の世界には、まさに神話のような荘重な趣がある。次の歌の「ぞろぞろとまたぞろぞろと降りてくる」という、雪があたかも天界の生き物の一つであるような描写にもその趣は明らかで、雪は単に気象現象というよりずっと直接で人間に近い、いうならば肉体的ともいうべき姿をしている。それがなんとも新鮮だ。作者はさらに「待ちくれたりや」と雪に呼びかけ、樹氷の一かけらを「食ひにけり」と食べたりもする。自然に出会うときのこのような直接性や肉体性のなかに、わたしはふと、古代的な心の動きを感じるのである。

それはおそらく、訪れた土地の魂を呼び起こし讃えるという、あの古代の国誉めの心と似通ったものでもあるのだろう。作者は雪に埋もれた天地の間に立ちながら、むしろ自身の内の古い心を呼び覚まそうとしているように見える。そうして歌自身がもつ韻律に身をまかせ、その深い昂揚感のなかで自然や風土の魂と再会しようとするのではないだろうか。韻律の躍動的なこれらの歌を読みながら、わたしはそのようなことを感じとっていた。

この歌集は二章より成り、一章には他郷を旅した作品を、二章には故郷での作品を収めている。二つ章の呼応を作者自身「後書」のなかでこのように語っている。

「私は他郷の中に故郷を見出そうとし、故郷の中に他郷を見出そうとしていたのかも知れない」。

このことばを胸に止めて、旅の歌のなかからもう少し引く。

鬱深き者を入れしめ鬱払ふ森のみどりの時に憎しも

思ふこと清からざる身しばし忘れ樹樹のアカペラ聴き立つわれは

樹と人のさかひまぎれむ森に入りわれはにんげんの飢渇に歩む

天時時《じじ》に朝より変はる　きのふ見し虹より太く低き天弓

初夏の屋久島を訪れた「雨降る森」一連のなかの歌である。樹や森や山河から、人間の生きてきた、そしてこれから生きていく思想を引き出すという形は、この作者の歌のテーマとして、わたしはすでに十分に記憶している。これらの歌はその延長上にありながら、さらに旅という行動がそこに加わっている。

たとえばこの「雨降る森」は、旅人である歌人が異邦人として他郷を訪れるという形ではあるが、そこにあるのはありきたりな平面的な旅日記ではない。これら数首の歌を読んだだけでも、憎しみや浄化や飢渇という強い感情が、樹や森の存在によってむしろ露《あらわ》になっているところがわかるだろう。歌人の内面が旅という過程のなかで、開かれ、揺らぎ、波立ち、変容していく。そういう経緯をあらわして、ことばが生まれ、肉体化し、歌となって立ち上がる。旅が、いわば、内部の体験であるのだ。そうして歌人は失われつつある森を、その肉体を、自分自身の内に一つの変異として蘇らせているといってもいいだろう。

「そもそも故郷とは何か、現代の私達にとって魂の故郷というものはあるのか」

と、また作者はいう。この切実な問いは、現在のわたし自身のものでもあるが、それ以上に、まさに歌の行方がかかっている重い問いでもある。

妖言《およづれ》が力を持ちてひとおそふ二十世紀末の夜
を酒飲む

雪鬼は棲まずといへど日の鬼のかんかんとゐ
る空　真青《まさを》なり

（二〇〇〇年三月「短歌研究」）

現代に力ある歌集

――『微笑の空』の世界

岡野弘彦

月々に出版される数冊の短歌綜合《そうごう》誌と数多くの短歌結社誌、年間数百冊にのぼる個人歌集、さらに各種の短歌フォーラムや新聞歌壇などの場で発表される短歌の数は莫大《ばくだい》なもので、俳句には及ばないにしても、気の遠くなるほどの数である。数の上から言えば、日本の伝統短詩型文学は決して衰えてはいないように見える。

だが、永い文学史の視野から考えてみると、短歌の本質は形こそ小さいがその小定型の中に縁語・掛け詞《ことば》・本歌取り・比喩《ひゆ》などさまざまな表現の工夫を加え、短い定型の中に深く力ある内容を凝縮した、日本文学の底荷《そこに》ともいうべき叙情詩であった。日本人の生活と心性に根ざした短歌表現が今、生活の多様化の中で、先人の体験しなかった深い言葉と心の乖《かい》離《り》を体験し、短い定型が凝縮力を持たなくなっていることを痛感させられる。

　最近、心を引かれた一冊の歌集がある。東京の大学で哲学を学んだのち郷里の宮崎県に帰って、一貫して高校・大学の教師をつとめながら、スクールカウンセラーとして、自己受容ができずに苦しんでいる少年期の人たちの相談を受け、さらに介護老人保健施設を毎月訪問して老いの受容や短歌創作について助言に努めている、伊藤一彦氏の第十歌集『微笑の空』である。やさしい歌集名にかかわらず、胸を衝《っ》かれるような重い歌がある。

「一斉」をきらへるゆゑに給食も授業も拒み家
にゐる少女
三歳の子を木に縛り火放ちし六歳のシーラ
日本になしや
鉛筆の尖《とが》りて赤し　憎しみに武器とならざる
ものなき教室
たかはらの老人ホーム世の音を遮断して世の
一切があり
生殺は介護者の手に委ねられ空を見るなきベ
ッドなる人

　かつて、隊長の号令一つで千人・万人の集団が一瞬に精密機械のごとく、死地に向かって動いた軍隊の不気味な記憶に悪夢のように苦しんだ体験が私にもあるが、右の一首目の、「一斉」を嫌悪する少女の心は、それとまた違った重い孤独と現代社会の矛盾を身一つに感じているはずである。

　あるいは、表面は世間から一往遮断されているようで、実はこの世の縮図の如《ごと》く一切が小さく渦巻いて閉じられている老人ホーム。この作者がカウンセラーとして触れている人たちは、その苦しみを外に表現するすべも無く耐えたり、自虐的に内攻させたりすることが多いに違いない。

　作者の伊藤氏は、そういう人たちのきびしくゆらぐ心理の奥に心をとどかせて歌いながら、その作風は不思議な明るさを持っている。一口に言うと、市井に生きる哲学者の歌と言えばよいであろうか。彼はかつて『海号の歌』という歌集を出したが、地方都市に住んであれほど多忙なのに自分も家族も自動車を持たない。「海号」という自転車で県内を駈《か》けまわっている。こういうところにも、現代の社会に生きる彼の清冽《せいれつ》でやさしい哲学を感じ取ることができる。

梅の林過ぎてあふげば新生児微笑のごとき春の空あり
わがこころ今夜《こよひ》いづこに舟泊《ふなは》てせむ広すぎて困る日向の空は

高い表現技巧や古典への理解を持ちながら、その技巧や好みに淫《いん》することがない。しかも現代社会のあるべき理想を確かに心に持ちながら、積極的に明るく生きる人間の姿や、美しい日向の自然に心を集めて歌う作品が、力ある短歌として、読む者の心を打つのである。現代に望まれる歌の姿の一つを思わせる歌集である。『微笑の空』は今年度の迢空賞に選ばれた。

（二〇〇八年七月三〇日「東京新聞」）

枯渇しない清新の抒情
――伊藤一彦の歌

馬場あき子

伊藤一彦さんの人格は明るい。しかし、その哲学は必ずしも明るくはない。伊藤さんは西洋哲学を専攻したが、幸いにもその鬱蒼《うっそう》とした思索の力は、今日心を病む人の内面深くまで降りて回復をうながす力として作用している。

その伊藤さんは学生時代から歌人として認められていた。第一歌集『瞑鳥記』には「おとうとよ忘るるなかれ天翔ける鳥たちおもき内臓もつを」という著名な一首がある。これは今日につづく伊藤さんの根底にある思想である。天翔ける軽快のかたちが内包する命の重さ、その「むらぎも（群肝）」の苦さを噛みしめながら、理想と現実の葛藤のきびしさを、伊藤さんは初期から自覚していた人だ。

故郷宮崎に「現代短歌・南の会」を創立して中央歌壇に力強い発信をつづけ、九州歌壇にも活力を与えつづけてきたが、一九九五年刊行の『海号の歌』に読売文学賞が与えられたことも歌壇的事件として忘れがたい。それは地方に定住して活動している歌人にとって破格であったばかりでなく、この文壇的大賞を受けるにはなお若すぎる五十三歳という年齢であったからだ。

その後こんどは遅すぎた寺山修司短歌賞を六十二歳で得たことも、いえばその清新の抒情が枯渇していない証拠なのでもあった。今回、歌人のあこがれである第四十二回迢空賞受賞の栄誉を荷われたことは、当然の結果とは言いながら喜びに堪えない。当該歌集『微笑の空』にはこんな歌がある。

ふるさとに長く棲みつつ持つ帰心人には言はず川にも言はず

もの凍る音は寂しと聞きしかど燃ゆる音また寂しかりける

九十歳の女らつどひ語りをり老後をいかに過

さむかなど

第一首、第二首には今日の伊藤さんの心境がみえる。故郷に帰り住みつつ、なおもつ「帰心」とは、はるかな詩心のゆき着こうとする久遠の彼方《かなた》と考えていい。また、伊藤さんは今までにもしばしば「火」をうたってきたが、凍る音の対極にある「燃ゆる音」のさびしさは、まさに遂げきれぬ情熱を代弁するようで心に沁《し》みる。

そして「九十歳の女ら」の歌。これには驚きつつも九十歳にしてこの後の老後を語り合う気力に今日の「老」の現実をみる。伊藤さんはかねて介護老人施設での歌会を指導してこられたが、こうした高齢の方々のもつ発見的生命感や、衰えぬ意志に材を得ることも多く、それらが歌作の領域を広げているといえる。伊藤さんの今後の活躍に期待するところ大である。

（二〇〇八年七月二日　宮崎日日新聞）

文語の歌と口語の歌
──『微笑の空』

岡井　隆

自分で増やしていく語彙

伊藤一彦さんは宮崎に住んでいらっしゃって、『微笑の空』という歌集で今度、迢空賞をおとりになりました。六十四歳。この作品集は六十代の初めの頃の作品であります。

内福の人と思へりプルリングゆつくりとおこし語らふ様は

伊藤さんは、老人ホームとかケアハウスとかそういうところへ繁々《しげしげ》と行って、八十代、九十代、場合によれば百代ですけれど、そういうご老人たちの短歌会を組織して指導をやっていらっしゃいます。毎年こんな厚い「老いの歌」のアンソロジーをお出しになっています。この歌はそういうところで出会った老人の一人をスケッチしています。

ああ、この人は内側に幸いを持っている、内福の人だと。「内福」というのは、外側からはいかにも惨めに見える、あるいは幸不幸ということでいえば不幸の側に立っているように見える。だけど、いかにも満足している。その人の内面的なものはしっかりと満ちたりている。こういうのが内福ですよね。

この歌の中で注意しなければならないのは、「プルリング」です。「プルリング」ってことさらに言われると、え、何だったかな、なんて思います。

十数年前、「プルリング」というのが短歌の中へ出てまいりまして、私も最初、戸惑ったのですけれど、缶ジュースなんかの蓋を開けるときに、指に引っ掛けてキュッと引っ張る、あのピュッと引っ張るものを「プルリング」というんですね。「プル」というのは引くという意味でしょう。「リング」というのは輪です。昔は、ギコギコと缶切りで缶を切っていたのですけれど、今は果物の缶詰だろうが何だろうがみなプルリングです。

しかし平生我々はいちいちプルリングなんて言わないでしょう。缶ジュースをもらって、いちいち「私はプルリングを引いて開けます」なんていう人はいない。だからプルリングという言葉を今日初めてお聞きになるという方もいるかもしれない。

私は十何年前に、毎日使っているんだけれど、「へえ、あれをプルリングっていうんだ」と思いました。「プルリング」という言葉を歌の中に普通は入れません。だけど、あれをキューッと引っ張って開けている感じが、いかにも内福の人という感じがしたのでしょう。

私が言いたいのは異国語の中の日常化した異国語だということです。同じ歌集の中ですが、

テポドンとデコポンの語を間違へし霧深き老
い責めてはならず

「テポドン」と「デコポン」。ご存知ですね。テポドンとデコポンを間違えた、大きなものと小さなものを間違えたわけですが、笑えませんよ。だって私なんかしょっちゅう間違えていますから。

これは「霧深き老い」というところに短歌語が出ていますね。いわゆる老人性の呆けの状態をいっているわけなんだけれど、それを「霧深き老い」といっている。奇麗な言葉ですよね。実際はテポドンとデコポンを間違えたって、別に何も日常的には差し障りがない。

だけど、この歌は「霧深き老いを責めてはならないよ」という伊藤さんの考え方を表すために、テポドンとデコポンを間違えたという一例を挙げている。そうするとどうなのでしょう。テポドンとかデコポンというのは、我々の日常生活の中にもちろん入っていますけれど、これを歌の中に入れるというのはやや特殊でしょうかね。

でもこの歌の場合、やはり「霧深き老い」という言葉が、この歌人の歌人らしい言葉かもしれませんね。

省略語は何の略だろうか

バス停にスクワットしてゐる媼おそろしく長く元気に生きむ

バス停でスクワットしている媼。「媼」というのは一種の短歌語です。

翁と媼というのがよく出てまいります。「老人」とか「老い人」という言葉でいう場合もありますが、媼というとおばあさんだということがはっきりします。翁といえばおじいさん。

「おそろしく長く元気に生きむ」の「む」ですけれども、これは助動詞で、文語なのか口語なのか。決めてはいけません。決められません。じゃあ、どっちに入れますか。「バス停にスクワットしている媼」、これどう考えたって現代語じゃないですか。

ただね、「バス停に」という「に」、助詞、これは正確にいうと「にて」という意味で、普通は「で」ですよ。「バス停でスクワットしている」です。けれど伊藤さんは歌人ですから「で」を使いたくないので「に」を使ったんですね。

そうしますと、これは文語的な助詞の使い方ではないか。それから「嫗」というのも短歌語ですから、どちらかというと、言文一致体の逆のほうですね。日常語なら「ばあさん」、あるいは「じいさん」といえばいい。嫗とか翁というのは、昔からある一種の尊称、尊ぶ言葉ですから、それを歌の中に入れることで、ニュアンスの質を高めます。

「おそろしく長く元気に生きるだろう」と言ったら、これはまったく我々の会話語と同じですから、普通の言葉です。「む」という助動詞を、これからの推測を込めて使うというのは、さっきの「バス停」の「に」と同じで、やはり短歌的に修正しているわけです。

もう一首、ちょっと特殊な言葉を出してみましょうか。

立ち止まり眼閉ぢれば良く聞こゆ吹雪く桜の
　緊那羅の楽

「聞こゆ」なんていうのは完全に文語です。「吹雪く」ももちろん、これは歌言葉だと思います。特に「緊那羅《きんなら》」というのは、平生はまったく使うことのない言葉です。これは、天上の極楽から聞こえて来る、何とも言えない清らかな音楽のことを梵語――今までの「スクワット」とか「デコポン」、「テポドン」、「プルリング」などが米語か英語、あるいはその俗語出身ですが、「緊那羅」は古代インドから仏教と共に日本に伝わってきたサンスクリット、梵語から来ている。

先程の歌の「バス停」ですが、普通にはこれでいいわけですが、私の友人で先年亡くなった塚本邦雄さんなどは非常に厳密でして、「バス停留所」ときちんと言うべきだ、「バス停」なんて省略は駄目だとおっしゃっていました。私は「私鉄の席にわづかまどろむ」という歌を作ったのですが、塚本さんがすぐに手紙をくれて、「僕は私鉄というのは使わない。あいう略語は正確でない。パソコンはパーソナルコンピューターと、やっぱりきちっというべきだ。テレビもテレヴィジョンと言うべきだ、ヴィジョンと書くんだ」と。それが塚本さんの説であります。しかし、「でも、君のこの歌は許せるね」とかいって褒めてはくれたのですが、本当に褒められたのかどうかよく分からないくらい厳密なことをいう人でした。

一般の人は「私鉄」といっていて、それが何の略語かも、ほとんど覚えていないでしょう。「バス停」にしたって、「えっ、バス停留所、そういえばそうだね」ということであります。

「スクワット」とか、あるいは今の「緊那羅」とか、こういう言葉というのは自分で見つけてこないとないのですね。

美しい言葉はをやさしい言葉で包む

では、そういう言葉を見つけるということはどういうことなんだろう、ということですが、私はそのへんのところが一番大事な所だと思います。

短歌というのは、元々はもちろんどういう言葉で作ったっていいのです。今、我々が日常会話で使っている誰にでも分かる言葉をうまく組み合わせて作るというやり方もあります。

でもね、もう一つ、高野公彦さんという歌人がいますが、この人なんかは非常にそれをやっておられますけれど、いろんな本を見ます。そうすると自分たちの知らない単語が出てきます。その中から高野さんが「ああ、響きがいいな」と思う言葉をキュッと摑んできて、それを一首の中へ入れる。そうすると何でもないことをいっているのですが、そこの部分だけがキュッと光るのです。

私は、それはどういう意味かなあと一生懸命辞書を引いて、そうかこういう言葉があるんだとわかる。歌そのものも面白いが、歌を辞書を使って読むという行為もなかなか面白い。

単純に短歌を作って、それを読む。それはそれでいいと思うのでありますが、せっかくやや特殊な文芸に関係しているのだったら、日本語の中にもいろいろな言葉があるのだというようなことを考えてみたらどうでしょう。

口語的とか文語的とかそういうことと別の感じで、自分の中に平生あまり人が使わないような、日常語では使わないような不思議な言葉、しかし美しい言葉、そういったものを一つ入れて、あとはやさしい言葉で包んでいく。そういうような歌の作り方というものが一つあっていいのではないかと思うのです。

比喩を用いての作歌

文語的とか、口語的ということを超越した形で面白いものを作り出すという方法の一つとして、比喩というのがあります。

Aというものをいうために、Bというものと比べる。普通はAというものは未知のもの、訳が分からないもので、それをよく知っているBというものによって喩える。AはBである。AはBに似ている、というようなことをいうのが比喩でありまして、我々の短歌の中にも結構出てまいります。

伊藤一彦さんのこういう歌があります。

軍艦のやうな女と戦闘機のやうな女の間にゐたり

軍艦のような女、戦闘機のような女。軍艦とか戦闘機というのは、人によって随分、内容が違うと思います。

伊藤さんは何かこう、女の人に対して恐怖を抱いています。軍艦のような女が右側にいて、左側に戦闘機のような女。私はめちゃめちゃ打たれ続けているんだという、一種の恐怖感だと思う。

誰々さんがこういうことをやったとか、ああいうことを言ったとかいうよりも、「軍艦のやうな」とか、「戦闘機のやうな」ということで通じるある世代があるわけで、そういう世代に向かって比喩の言葉を使っている。

万斛の涙の中の一滴をうくるごとくに目薬をさす

目薬にもっていくのに「うくるごとくに」というところまで長々とやるんですね。要するに目薬をポトッと一滴落とす。その一滴は何かというと、万斛《ばんこく》の涙。「斛」という字は石と同じ、加賀百万石の「石」というやつです。加賀百万石の場合はお米の俵の量でありますけれど、この場合は涙でありますから水分です。

万斛の涙の中の一滴をプツッと自分は受けているような感じがして、目薬を今さしましたよといっているのですね。目薬をさしている時、自分の背景に万斛の涙がある。本当に心の底から悲しくて、涙が後から後からもう無量に流れてくる、その涙の一滴なんですよ、これは、という歌です。こういうふうに「ごとく」を使っている比喩もあります。

南より北に広がる羊らのすきますきまに空の青の子

南より北に広がっている羊の群れ。その羊たちのすきますきまに空の青の子。つまり、南から北にずーっと羊雲が広がっていて、羊雲と羊雲のすきますきまに青空がちょっと見えているという情景ですね。そんなのはしょっちゅうあります。羊雲ですから秋から冬にかけてですかね。

彼は「羊雲」と言わないで「羊」といっている。ということは、空を見ていると羊がいっぱいいるんだ、あそこに牧場があるんだ。で、羊ばっかりじゃないんだ。羊と羊の間に青の子供がいるんだと。それで、羊雲の移動の具合によっては青の子供が増えたり減ったりする。

この歌なんかは、「何々のごとく」とか、「何々のような」といっていませんけれど、私たちがこういう歌を読みますと、読み慣れていれば、これは羊雲がいっぱい広がっていてその間に青空がのぞいている、という空の景色を歌っているとわかります。

「羊のようだ」とか「羊雲」といわないで、「羊だ」とはっきりいっている。ほかでもない、空に本当に動物の羊がずっと飼われているんだ、その間に青の子供が増えたり減ったりしているんだと、そういうふうにズバリというのが、これが要するに詩における、あるいは短歌における比喩というものの、一つの技巧ですね。これは、私ども日常会話ではやりませんね。「似ている」とか、「何々みたい」というのは使います。あるいは「何々のようだ」というのはね。

私どもは、羊だとか青の子なんていわれても、あんまり驚かない。つまり、ああ、なかなか奇麗な歌だなあ、片方で、プルリングがどうとか、デコポン、テポドンとの違いとか、そういう通俗的なことも言うけれど、片方ではこういう奇麗な比喩も使う。もう一首、読んでみましょうかね。

満月の光に焚かれ妻歩む川筋の道われは遅れて

満月の光がわあっと射して、それが妻のところにいっぱい、いっぱい集まっているので、まるで満月の光で妻が焼かれているような、そんなすさまじい満月の光景。その川筋の道を私は妻から少し遅れて、満月に焼かれている妻の後ろ姿を見ながら、歩いていますよ、という歌ですね。

これは奥さんの歌でもあると同時に、やっぱり満月の光のすさまじさというようなものを詠っているのだと思います。この時に「焚かれる」という比喩を使っている。実際に、月光で奥さんの体が焼かれるわけはない。これは一種の誇張法だと思いますけれど、こういう誇張した表現で、「ああ、そんなにすごい満月の光だったのか」と我々は思うわけですね。こういう、何でしょう、ひとつの転換というのが、比較をする喩法というもので行われます。

これはほとんどが、我々の日常会話の世界には出てこない、詩独特、短歌独特のものの言い方です。そうしますと、むしろ文語だとか口語だとか、どちらが現代語、つまり我々の会話語に近いとかいうような、そういう話よりも、我々が平生日常会話の中で使っている語彙の乏しさとか、絶対使わない枕詞とか、絶対使わないであろう比喩法だとか、そういったものを短歌の中に取り入れて歌を作る。そのこと自身が日常語離れをしているわけで、むしろ、日常語の世界を克服して、もう一つ高い世界に入っていく。言葉の芸術でありますから、言葉の芸術というのはやはり、そういうことが大事だと思うのです。

（『新・わかりやすい現代短歌読解法』より）

伊藤一彦略年譜

一九四三年（昭一八年）
宮崎市に生まれる。

一九六二年（昭三七年）　一九歳
早稲田大学第一文学部哲学科に入学。同級生に福島泰樹がおり、その影響で作歌を始める。

一九六六年（昭四一年）　二三歳
大学を卒業して帰郷し、県立高校に勤める。

一九六八年（昭四三年）　二五歳
早稲田短歌会の先輩である佐佐木幸綱の「心の花」に入会する。

一九七四年（昭四九年）　三一歳
第一歌集『瞑鳥記』（反指定出版局）を出版。

一九七六年（昭五一年）　三三歳
九州の超結社集団「現代短歌・南の会」を熊本の安永蕗子らと創設し、会誌「梁」を編集する。

一九七七年（昭五年）　三四歳
第二歌集『月語抄』（国文社）を出版。

一九八二年（昭五七年）　三九歳
第三歌集『火の橘』（雁書館）を出版。

一九八六年（昭六一年）　四三歳
評論集『定型の自画像』（砂子屋書房）を出版。

一九八七年（昭六二年）　四四歳
第四歌集『青の風土記』（雁書館）を出版。この年より高校の専任カウンセラーとなる。

一九八九年（平一年）　四六歳
現代短歌文庫『伊藤一彦歌集』（砂子屋書房）、評論『若き牧水・愛と故郷の歌』（鉱脈社）を出版。

一九九〇年（平二年）　四七歳
エッセイ集『歌のむこうに』（本阿弥書店）を出版。

一九九一年（平三年）　四八歳
第五歌集『森羅の光』（雁書館）を出版。

一九九三年（平五年）　五〇歳
評論『前川佐美雄』（本阿弥書店）を出版。

一九九四年（平六年）　五一歳
評論集『空の炎——時代と定型』（砂子屋書房）を出版。
一九九五年（平七年）　五二歳
第六歌集『海号の歌』（雁書館）を出版し、第四十七回読売文学賞（詩歌俳句賞）を受賞。
一九九七年（平九年）　五四歳
既刊の六歌集を収めた『伊藤一彦作品集』（本阿弥書店）、エッセイ集『矢的の月光』（鉱脈社）を出版。
一九九八年（平一〇年）　五五歳
宮崎県教育研修センターで教育相談を専門に担当。
一九九九年（平一一年）　五六歳
第七歌集『日の鬼の棲む』（短歌研究社）を出版。
二〇〇〇年（平一二年）　五七歳
エッセイ集『夢の階段』（雁書館）を出版。
二〇〇一年（平一三年）　五八歳
第八歌集『柘榴笑ふな』（雁書館）、現代短歌文庫の『続 伊藤一彦歌集』（砂子屋書房）を出版。
二〇〇二年（平一四年）　五九歳
『老いて歌おう』全国版（鉱脈社）第一集を編集・出版し、以後毎年出版。
二〇〇三年（平一五年）　六〇歳
宮崎県立看護大学教授となり、カウンセリング論・言語表現論等を担当。
二〇〇四年（平一六年）　六一歳
第九歌集『新月の蜜』（雁書館）を出版し、第十回寺山修司短歌賞を受賞。
二〇〇五年（平一七年）　六二歳
日向市東郷町の若山牧水記念文学館館長に就任。
二〇〇七年（平一九年）　六四歳
第十歌集『微笑の空』（角川書店）を出版し、第四十二回迢空賞を受賞。
二〇〇八年（平二〇年）　六五歳
評論集『牧水の心を旅する』（角川書店）を出版。
二〇〇九年（平二一年）　六六歳
第十一歌集『月の夜声』（本阿弥書店）を出版し、第二十一回斎藤茂吉短歌文学賞を受賞。

二〇一〇年（平二二年）　六七歳
教え子で俳優の堺雅人との対談集『ぼく、牧水！』（角川書店）を出版。

二〇一一年（平二三年）　六八歳
エッセイ集『月光の涅槃』（ながらみ書房）を出版。「牧水・短歌甲子園」を企画して、第一回を日向市で開催し、以後毎年開催。

二〇一二年（平二四年）　六九歳
第十二歌集『待ち時間』（青磁社）を出版し、第十五回小野市詩歌文学館賞を受賞。

二〇一三年（平二五年）　七〇歳
宮崎県立図書館名誉館長に就任。

二〇一五年（平二七年）　七二歳
第十三歌集『土と人と星』（砂子屋書房）を出版、評論集『若山牧水――その親和力を読む』（短歌研究社）を出版し、第三十七回現代短歌大賞ならびに第五十七回毎日芸術賞を受賞。

二〇一七年（平二九年）　七四歳
第十四歌集『遠音よし遠見よし』（現代短歌社）を出版し、第三十三回詩歌文学館賞を受賞。第七十六回西日本文化賞を社会生活部門で受賞。

二〇一八年（平三〇年）　七五歳
第十五歌集『光の庭』（ふらんす堂）を出版。

二〇一九年（平三一・令元年）　七六歳
第三回井上靖記念文化賞特別賞を受賞。

二〇二〇年（令二年）　七七歳
教え子で彫刻家の田中等との共著『MOON DROPS 月の雫』（鉱脈社）、『伊藤一彦が聞く――牧水賞歌人の世界』（青磁社）を出版。第五十六回宮崎日日新聞賞・特別賞を受賞。

続々　伊藤一彦歌集　　現代短歌文庫第162回配本

2021年11月12日　初版発行

著　者　伊　藤　一　彦
発行者　田　村　雅　之
発行所　砂　子　屋　書　房
〒101-0047　東京都千代田区内神田3-4-7
電話　03−3256−4708
Fax　03−3256−4707
振替　00130−2−97631
http://www.sunagoya.com

装幀・三嶋典東　　落丁本・乱丁本はお取り替えいたします

現代短歌文庫

（　）は解説文の筆者

①三枝浩樹歌集
『朝の歌』全篇

②佐藤通雅歌集（細井剛）
『薄明の谷』全篇

③高野公彦歌集（河野裕子・坂井修一）
『汽水の光』全篇

④三枝昻之歌集（山中智恵子・小高賢）
『水の覇権』全篇

⑤阿木津英歌集（笠原伸夫・岡井隆）
『紫木蓮まで・風舌』全篇

⑥伊藤一彦歌集（塚本邦雄・岩田正）
『瞑鳥記』全篇

⑦小池光歌集（大辻隆弘・川野里子）
『バルサの翼』『廃駅』全篇

⑧石田比呂志歌集（玉城徹・岡井隆他）
『無用の歌』全篇

⑨永田和宏歌集（高安国世・吉川宏志）
『メビウスの地平』全篇

⑩河野裕子歌集（馬場あき子・坪内稔典他）
『森のやうに獣のやうに』『ひるがほ』全篇

⑪大島史洋歌集（田中佳宏・岡井隆）
『藍を走るべし』全篇

⑫雨宮雅子歌集（春日井建・田村雅之他）
『悲神』全篇

⑬稲葉京子歌集（松永伍一・水原紫苑）
『ガラスの檻』全篇

⑭時田則雄歌集（大金義昭・大塚陽子）
『北方論』全篇

⑮蒔田さくら子歌集（後藤直二・中地俊夫）
『森見ゆる窓』全篇

⑯大塚陽子歌集（伊藤一彦・菱川善夫）
『遠花火』『酔芙蓉』全篇

⑰百々登美子歌集（桶谷秀昭・原田禹雄）
『盲目木馬』全篇

⑱岡井隆歌集（加藤治郎・山田富士郎他）
『鵞卵亭』『人生の視える場所』全篇

⑲玉井清弘歌集（小高賢）
『久露』全篇

⑳小高賢歌集（馬場あき子・日高堯子他）
『耳の伝説』『家長』全篇

㉑佐竹彌生歌集（安永蕗子・馬場あき子他）
『天の螢』全篇

㉒太田一郎歌集（いいだもも・佐伯裕子他）
『墳』『蝕』『獵』全篇

現代短歌文庫

（　）は解説文の筆者

㉓春日真木子歌集（北沢郁子・田井安曇他）
『野菜涅槃図』全篇

㉔道浦母都子歌集（大原富枝・岡井隆）
『無援の抒情』『水憂』『ゆうすげ』全篇

㉕山中智恵子歌集（吉本隆明・塚本邦雄他）
『夢之記』全篇

㉖久々湊盈子歌集（小島ゆかり・樋口覚他）
『黒鍵』全篇

㉗藤原龍一郎歌集（小池光・三枝昂之他）
『夢みる頃を過ぎても』『東京哀傷歌』全篇

㉘花山多佳子歌集（永田和宏・小池光他）
『樹の下の椅子』『楕円の実』全篇

㉙佐伯裕子歌集（阿木津英・三枝昂之他）
『未完の手紙』全篇

㉚島田修三歌集（筒井康隆・塚本邦雄他）
『晴朗悲歌集』全篇

㉛河野愛子歌集（近藤芳美・中川佐和子他）
『黒羅』『夜は流れる』『光ある中に』（抄）他

㉜松坂弘歌集（塚本邦雄・由良琢郎他）
『春の雷鳴』全篇

㉝日高堯子歌集（佐伯裕子・玉井清弘他）
『野の扉』全篇

㉞沖ななも歌集（山下雅人・玉城徹他）
『衣裳哲学』『機知の足首』全篇

㉟続・小池光歌集（河野美砂子・小澤正邦）
『日々の思い出』『草の庭』全篇

㊱続・伊藤一彦歌集（築地正子・渡辺松男）
『青の風土記』『海号の歌』全篇

㊲北沢郁子歌集（森山晴美・富小路禎子）
『その人を知らず』を含む十五歌集抄

㊳栗木京子歌集（馬場あき子・永田和宏他）
『水惑星』『中庭』全篇

㊴外塚喬歌集（吉野昌夫・今井恵子他）
『喬木』全篇

㊵今野寿美歌集（藤井貞和・久々湊盈子他）
『世紀末の桃』全篇

㊶来嶋靖生歌集（篠弘・志垣澄幸他）
『笛』『雷』全篇

㊷三井修歌集（池田はるみ・沢口芙美他）
『砂の詩学』全篇

㊸田井安曇歌集（清水房雄・村永大和他）
『木や旗や魚らの夜に歌った歌』全篇

㊹森山晴美歌集（島田修二・水野昌雄他）
『グレコの唄』全篇

現代短歌文庫

（　）は解説文の筆者

㊺上野久雄歌集（吉川宏志・山田富士郎他）
『夕鮎』『バラ園と鼻』（抄）他

㊻山本かね子歌集（蒔田さくら子・久々湊盈子他）
『ものどらま』を含む九歌集抄

㊼松平盟子歌集（米川千嘉子・坪内稔典他）
『青夜』『シュガー』全篇

㊽大辻隆弘歌集（小林久美子・中山明他）
『水廊』『抱擁韻』全篇

㊾秋山佐和子歌集（外塚喬・一ノ関忠人他）
『羊皮紙の花』全篇

㊿西勝洋一歌集（藤原龍一郎・大塚陽子他）
『コクトーの声』全篇

(51)青井史歌集（小高賢・玉井清弘他）
『月の食卓』全篇

(52)加藤治郎歌集（永田和宏・米川千嘉子他）
『昏睡のパラダイス』『ハレアカラ』全篇

(53)秋葉四郎歌集（今西幹一・香川哲三）
『極光―オーロラ』全篇

(54)奥村晃作歌集（穂村弘・小池光他）
『鴇色の足』全篇

(55)春日井建歌集（佐佐木幸綱・浅井愼平他）
『友の書』全篇

(56)小中英之歌集（岡井隆・山中智恵子他）
『わがからんどりえ』『翼鏡』全篇

(57)山田富士郎歌集（島田幸典・小池光他）
『アビー・ロードを夢みて』『羚羊譚』全篇

(58)続・永田和宏歌集（岡井隆・河野裕子他）
『華氏』『饗庭』全篇

(59)坂井修一歌集（伊藤一彦・谷岡亜紀他）
『群青層』『スピリチュアル』全篇

(60)尾崎左永子歌集（伊藤一彦・栗木京子他）
『彩紅帖』全篇、『さるびあ街』（抄）他

(61)続・尾崎左永子歌集（篠弘・大辻隆弘他）
『春雪ふたたび』『星座空間』全篇

(62)続・花山多佳子歌集（なみの亜子）
『草舟』『空合』全篇

(63)山埜井喜美枝歌集（菱川善夫・花山多佳子他）
『はらりさん』全篇

(64)久我田鶴子歌集（高野公彦・小守有里他）
『転生前夜』全篇

(65)続々・小池光歌集
『時のめぐりに』『滴滴集』全篇

(66)田谷鋭歌集（安立スハル・宮英子他）
『水晶の座』全篇

現代短歌文庫

（　）は解説文の筆者

(67)今井恵子歌集（佐伯裕子・内藤明他）
『分散和音』全篇

(68)続・時田則雄歌集（栗木京子・大金義昭）
『夢のつづき』『ペルシュロン』全篇

(69)辺見じゅん歌集（馬場あき子・飯田龍太他）
『水祭りの桟橋』『闇の祝祭』全篇

(70)続・河野裕子歌集
『家』全篇、『体力』『歩く』（抄）

(71)続・石田比呂志歌集
『孑孑』『忘八』『涙壺』『老猿』『春灯』（抄）

(72)志垣澄幸歌集（佐藤通雅・佐佐木幸綱）
『空壜のある風景』全篇

(73)古谷智子歌集（来嶋靖生・小高賢他）
『神の痛みの神学のオブリガード』全篇

(74)大河原惇行歌集（田井安曇・玉城徹他）
未刊歌集『昼の花火』全篇

(75)前川緑歌集（保田與重郎）
『みどり抄』全篇、『麥穂』（抄）

(76)小柳素子歌集（来嶋靖生・小高賢他）
『獅子の眼』全篇

(77)浜名理香歌集（小池光・河野裕子）
『月兎』全篇

(78)五所美子歌集（北尾勲・島田幸典他）
『天姥』全篇

(79)沢口芙美歌集（武川忠一・鈴木竹志他）
『フェベ』全篇

(80)中川佐和子歌集（内藤明・藤原龍一郎他）
『霧笛橋』全篇

(81)斎藤すみ子歌集（菱川善夫・今野寿美他）
『遊楽』全篇

(82)長澤ちづ歌集（大島史洋・須藤若江他）
『海の角笛』全篇

(83)池本一郎歌集（森山晴美・花山多佳子）
『未明の翼』全篇

(84)小林幸子歌集（小中英之・小池光他）
『枇杷のひかり』全篇

(85)佐波洋子歌集（馬場あき子・小池光他）
『光をわけて』全篇

(86)続・三枝浩樹歌集（雨宮雅子・里見佳保他）
『みどりの揺籃』『歩行者』全篇

(87)続・久々湊盈子歌集（小林幸子・吉川宏志他）
『あらばしり』『鬼龍子』全篇

(88)千々和久幸歌集（山本哲也・後藤直二他）
『火時計』全篇

現代短歌文庫

（　）は解説文の筆者

⑧⑨田村広志歌集（渡辺幸一・前登志夫他）
『島山』全篇

⑨⓪入野早代子歌集（春日井建・栗木京子他）
『花凪』全篇

⑨①米川千嘉子歌集（日高堯子・川野里子他）
『夏空の櫂』『一夏』全篇

⑨②続・米川千嘉子歌集（栗木京子・馬場あき子他）
『たましひに着る服なくて』『一葉の井戸』全篇

⑨③桑原正紀歌集（吉川宏志・木畑紀子他）
『妻へ。千年待たむ』全篇

⑨④稲葉峯子歌集（岡井隆・美濃和哥他）
『杉並まで』全篇

⑨⑤松平修文歌集（小池光・加藤英彦他）
『水村』全篇

⑨⑥米口實歌集（大辻隆弘・中津昌子他）
『ソシュールの春』全篇

⑨⑦落合けい子歌集（栗木京子・香川ヒサ他）
『じゃがいもの歌』全篇

⑨⑧上村典子歌集（武川忠一・小池光他）
『草上のカヌー』全篇

⑨⑨三井ゆき歌集（山田富士郎・遠山景一他）
『能登往還』全篇

⑩⓪佐佐木幸綱歌集（伊藤一彦・谷岡亜紀他）
『アニマ』全篇

⑩①西村美佐子歌集（坂野信彦・黒瀬珂瀾他）
『猫の舌』全篇

⑩②綾部光芳歌集（小池光・大西民子他）
『水晶の馬』『希望園』全篇

⑩③金子貞雄歌集（津川洋三・大河原惇行他）
『邑城の歌が聞こえる』全篇

⑩④続・藤原龍一郎歌集（栗木京子・香川ヒサ他）
『嘆きの花園』『19××』全篇

⑩⑤遠役らく子歌集（中野菊夫・水野昌雄他）
『白馬』全篇

⑩⑥小黒世茂歌集（山中智恵子・古橋信孝他）
『猿女』全篇

⑩⑦光本恵子歌集（疋田和男・水野昌雄）
『薄氷』全篇

⑩⑧雁部貞夫歌集（堺桜子・本多稜）
『崑崙行』（抄）

⑩⑨中根誠歌集（来嶋靖生・大島史洋雄他）
『境界』全篇

⑪⓪小島ゆかり歌集（山下雅人・坂井修一他）
『希望』全篇

現代短歌文庫

（　）は解説文の筆者

⑪木村雅子歌集（来嶋靖生・小島ゆかり他）
『星のかけら』全篇
⑫藤井常世歌集（菱川善夫・森山晴美他）
『氷の貌』全篇
⑬続々・河野裕子歌集
『季の栞』『庭』全篇
⑭大野道夫歌集（佐佐木幸綱・田中綾他）
『春吾秋蟬』全篇
⑮池田はるみ歌集（岡井隆・林和清他）
『妣が国大阪』全篇
⑯続・三井修歌集（中津昌子・柳宣宏他）
『風紋の島』全篇
⑰王紅花歌集（福島泰樹・加藤英彦他）
『夏暦』全篇
⑱春日いづみ歌集（三枝昻之・栗木京子他）
『アダムの肌色』全篇
⑲桜井登世子歌集（小高賢・小池光他）
『夏の落葉』全篇
⑳小見山輝歌集（山田富士郎・渡辺護他）
『春傷歌』全篇
㉑源陽子歌集（小池光・黒木三千代他）
『透過光線』全篇
㉒中野昭子歌集（花山多佳子・香川ヒサ他）
『草の海』全篇
㉓有沢螢歌集（小池光・斉藤斎藤他）
『ありすの杜へ』全篇
㉔森岡貞香歌集
『白蛾』『珊瑚數珠』『百乳文』全篇
㉕桜川冴子歌集（小島ゆかり・栗木京子他）
『月人壮子』全篇
㉖柴田典昭歌集（小笠原和幸・井野佐登他）
『樹下逍遙』全篇
㉗続・森岡貞香歌集
『黛樹』『夏至』『敷妙』全篇
㉘角倉羊子歌集（小池光・小島ゆかり）
『テレマンの笛』全篇
㉙前川佐重郎歌集（喜多弘樹・松平修文他）
『彗星紀』全篇
㉚続・坂井修一歌集（栗木京子・内藤明他）
『ラビュリントスの日々』『ジャックの種子』全篇
㉛新選・小池光歌集
『静物』『山鳩集』全篇
㉜尾崎まゆみ歌集（馬場あき子・岡井隆他）
『微熱海域』『真珠鎖骨』全篇

現代短歌文庫

（　）は解説文の筆者

現代短歌文庫

（　）は解説文の筆者

155 富田豊子歌集（小中英之・大岡信他）
『漂鳥』『薊野』全篇

156 小林幹也歌集（和田大象・吉川宏志他）
『裸子植物』全篇

157 丸山三枝子歌集（千々和久幸・村島典子他）
『街路』全篇

158 青木春枝歌集（来嶋靖生・森山晴美他）
『草紅葉』全篇

159 真中朋久歌集（河野美砂子・大松達知他）
『雨裂』『エウラキロン』全篇

160 小島熱子歌集（前川佐重郎・山内照夫他）
『ぽんの不思議の』全篇

161 河路由佳歌集（寺尾登志子・藤原龍一郎他）
『日本語農場』『百年未来』『魔法学校』（抄）他

（以下続刊）

水原紫苑歌集　篠弘歌集

馬場あき子歌集　黒木三千代歌集